跳起

子彈婉轉

張耳

著

Oread   林仙

Whirl up, sea—   旋起，海——
whirl your pointed pines,   旋起你松的尖峰
splash your great pines   拍響你松的巨濤
on our rocks,   在我們的岩石上，
hurl your green over us,   把你的綠拋向我們
cover us with your pools of fir.   讓冷杉的蕩漾將我們淹沒。

                                               ——H.D.

獻給母親和父親

鳴謝：

每個活著的童話──《創世紀》196，2018年9月

畫不出的風景──《創世紀》197，2018年12月

開工──《紐約一行》#1，2020年6月

風涼了，在海上──《創世紀》203，2020年6月

六月裡流火──《新大陸》180，2020年10月

把死騙了，水騙了──《新大陸》181，2020年12月

有羞就倒在街頭──《新大陸》182，2021年2月

夢。鬍鬚虎──《北京詩歌網》，2021年4月

你心裡的歌過季了──《北京詩歌網》，2021年4月

人形生物胡亂說詩
——讀張耳的新詩集《海跳起，子彈婉轉》

向明

　　一個從事詩這種高級浪費心智體力的人，年齡越大遇到的瓶頸會越多，越不容易突破，最後終至一事無成。像我！已年屆九十有五。有人已在恭維我將是百歲人瑞，其實就我親身體驗，不如稱為百歲廢物，方為貼切。因此當老友要我為她的寶貴完成的詩集寫幾句賀詞或心得之類時，雖說她的稿件已到案頭電腦存檔多時，可我的思辯力和眼睛的視力總是不聽指揮，而且悍然兀自停工。一再掙扎也撐不了多久便自動罷手，尋夢去了，奈何它不得。一個已經沒有好奇心和想像力的只有人形的生物，豈能說不是廢物？

　　張耳是我們那年（1993/3）到美國去作美國東西部校園詩朗誦，在紐約一場所認識的女詩人。且就在她所經營的畫廊（張張畫廊）作表演，那時我就知道她是從北京去美的詩人。她的夫婿也是美國一位出色的中生代詩人LEONARD SCHWARTZ，且在那次朗誦中，由他朗誦我的中詩英譯，我朗誦他的英詩中譯，配合得非常合轍。此後我們常有往來，張耳和我當時在紐約讀書的女兒董心如也極熟稔。她的詩集我也很

喜歡，尤其寫北京生活的《黃城根，一溜門》，因為那也是內子格格的家鄉，顯得特別親切。這都是近二十年前的事了。想不到張耳卻在我這個快失智的年齡寄來這麼厚重的詩集原稿，一定要我寫幾句話，反映她這些近年創作的詩的意見。

她這本新詩集取名《海跳起，子彈婉轉》，在海這個名詞後面加上個非常強悍、激烈的動詞，又憑空與子彈相連，可稱來者不善，這集子裡面的作品一定極富挑戰性，就像海明威與那條大白鯊在海的咆哮中人魚拚個死活一樣。張耳也在她給我的信中簡作暗示，說這本詩集係以「海」為創作的主要元素。因之讀的人必須先存心理準備，海占地球表面百分之七十的面積，其能量之蓄積無與能比，其潮汐之漲退，其洋流之蠢動全為莫之能抗拒的強悍。詩人選擇這麼個橫蠻無敵的巨霸來作詩的素材，也必須先練就孔武之力來迎戰。至於我這個已只敢試讀的老人，早已不戰而屈居人下了。

儘管張耳已在來稿的旁白中特別提醒我，說她的這些詩已寫了七、八年，將過去七、八年的生活，家事和世界，寫得層次重疊。也許太緻密了；也努力避免秀婉的詩腔，不太容易討人喜歡。至於以海為題，也是希望紙上的語言像海一樣洶湧，無邊無際、無理無由，卻自在自安，等等可以讓我知難而難退的善意提醒，但我這頑固的不信邪的個性，仍按捺不住這已經接近枯竭的好奇心和想像力，想儘量從這些詩的浩瀚中去解讀我能力所及的理解，和智力可勉強達致的詩所表現的表面張力。

欣賞詩作首先當然得從詩的表現本體中去體會挖掘，只

有發現詩的呼吸脈息，才能感知詩是否存在。就如同知道這個人是否還活著，不是一個冒充的假人或僵硬的木乃伊。詩也有ID可以辨識。如果一首詩能感動你，觸發你某種反應或感應，那便是詩的效果驗證。進入張耳的詩的叢林，那麼茂密的生命樹，那麼生動活潑跳動的意象群，那麼多陌生卻機伶的怪異事物，你會發現詩中確藏有熱鬧複雜的異想世界。但也不全然是超現實、或隱喻群，它仍是貼近你我存在的人間和熟悉過從的景物，全看作者的表現手法是否獨特不凡：例如〈繼續〉這首三十四行的詩：

語言下垂
天使賞賜給你
空氣流、豎琴、淚水繼續
殺人、被殺、與自己為敵
繼續看抗戰電視劇，繼續小集團
繼續雨後逢生，言情或
企圖讀懂天邊的海
耐心等候高速路抵達
語言滾滑的沙池中
帆船遠航16，17，15繼續

接受自己，尖尖發財的，零碎芳香的
高挑，低伏，斜刺，彎曲

蓬鬆或密不透風繼續譜出

荒野村莊俱樂部

烈焰噴泉公園，週末繼續

流水，分辨敵友，京劇還是

有關種族的紀錄片，大部分生活

繼續鐵血，職業競賽

拍攝於修長的走廊，鐵柵

監禁的獄友。忘記

美國台灣中國孫中山

忘記日本印尼柬埔寨，忘記武漢

在香港，他們繼續

從左邊傳來紅氣球，你跨步上前

過人。看一眼，進入九月已有幾天

揮汗帶球，拍球

左手，繼續拍拍拍

右手，右手在哪裡？20/21繼續

過人。過人

雨傘下的黑天使

過人。起跳如騰烏雲

擊中。找他。找不到她。擊中

靶心。一圈又一圈，澳洲加州

山火，繼續燃燒。一圈又一圈

恰如張耳在旁白中所自承，她的這些詩不免寫得層次重疊，也語言緻密了些。我們連續讀下來之後，也會覺得有些糾纏過密過長的倦態感，正如這首詩中所顯示出來的，一切仍是不停的繼續復繼續，好像永遠沒完沒了。但是我們所經歷現存的這個世界一切不就是這樣不停的重演復重演嗎？哲學家柏拉圖的「理想國」就拒收詩人進入，因為詩人老是重複自己，沒有新鮮的表現。然而其實詩是一種最無常的文化瑰寶，尤其中文詩，在以圖象文字為媒介的發展下，一字多義的中文字，每一首詩的出生，就會衍生出一種新的境界，與柏拉圖所見識的西方拼音文字所形成的詩是截然不同的。尤其在現代普世進入後現代情境的多元文化講求下，中文詩的表現更是最不拘一格，多樣講求。因之她的這些詩中雖說確有重疊或緻密之處，但學者毛正天在《中國古代詩學本體論闡釋》中即曾道出「重悟不重解」是中國古代詩學思維獨特魅力。現代詩學在這麼繁複多變的文化環境包圍，欲作線性直抒，一瀉無阻盡興而為的書寫恐已不再可能了，總會有跳接、呢喃、無厘頭的越界等的新修辭怪招在文中橫空而出，使人措手不及，其實寫的人只是順應而為，切莫以為這是故意。寫到這裡忽然想起題目為〈是海：總得拋些浪花〉組詩第十九號的這四行：

在不成功的世界裡寫詩
如若從漏雨的屋頂下
走出去，走進

【推薦序】
為張耳詩集說幾句

嚴力

我認識張耳已經三十多年了，她也是1987年於紐約成立的一行詩刊的元老了。作為經歷過文革後來到美國的大陸人，和我一樣經歷了不同文化和體制的衝擊與擰巴[1]，她在謀生的醫療研究、教書以及自我精神追求的寫作中理順了生存的筋骨嗎？應該在能她的詩中找到答案的，但是答案會因閱讀者的感受能力與價值觀而不同。我看到的是，她對社會變遷及人性的繼續拷問，對自我的繼續探索，因為文明現象的起伏每天都會體現在每個人的身上，她在記錄自己的同時也就記錄了時代，她善於進入不同歷史詞語的衝突中，以期找到其中的共性與每個生存階段的特殊性，這種詞語的相撞會出現閱讀者的暈眩感，就我而言這種暈眩感是為了理順理解和答案的過程，以便「重新塑造梗塞過的大腦，重新學習如何纏繞現在和未來的世界」〈每個活著的童話〉。所以她對人類社會的種種愚昧的浪潮有很多調侃和嘲諷，就留給閱讀者去自己一頁頁享用吧，也因

---

[1]　北京話，指人性格比較彆扭，愛較勁之意。

為「海浪，沙灘，嘩哩嘩啦，各式不朽的垃圾，斑駁無助的關聯」〈鯨魚大張嘴〉，而詩人或每個人只能繼續自救。

2021年3月於紐約

推薦語

　　這些經過詩人張耳再三揣摩的詩句背後，顯然陡立著矩形空間和不斷紐結著的力量，值得我們再三品味，重構出那個不一樣的世界。

——王小妮

　　進入張耳的詩的叢林，那麼茂密的生命樹，那麼生動活潑跳動的意象群，那麼多陌生卻機伶的怪異事物，你會發現詩中確藏有熱鬧複雜的異想世界。但也不全然是超現實、或隱喻群，它仍是貼近你我存在的人間和熟悉過從的景物。

——向明

　　張耳對社會變遷及人性的繼續拷問，對自我的繼續探索，因為文明現象的起伏每天都會體現在每個人的身上，她在記錄自己的同時也就記錄了時代，她善於進入不同歷史詞語的衝突中，以期找到其中的共性與每個生存階段的特殊性，這種詞語的相撞會出現閱讀者的暈眩感。

——嚴力

張耳的詩非常獨特，文字與意象似乎經常在行進中對「常理的流暢」反叛。不一定是思維的**翻轉**，而是思維另循蹊徑；不是意象隨意的拼貼，而是意象經常出其不意地第三類接觸。閱讀這本詩集，讀者將會有非常嶄新的體驗。

——簡政珍

目次

對話的不可能

一滴

海，從一滴開始

一滴水，一聲濤

Hello再Goodbye，她在鍵盤上問

美國口音，岸邊陽傘底下，黝黑額頭

烙上旁觀者、租賃者身分

浪花，只有浪花

相信未來會是另外一種

青煙焚燒。直升機轟鳴一連串報導

汽艇向左，鵜鶘向右，在各自位置上

對話的不可能，而說對峙卻也不成立：

Hello and Goodbye，她微笑著在

濛濛霧氣中閃光，在

醫療器具上輕輕升起於

原創的21世紀、原創的詩和歌

通訊衛星豐裕地墮落於重力

卻又不得不站起來

防衛保全自己世紀風韻荒蠻

Tesla X型開過來炫理念、炫標準身材

20、19、18、17、16

青春夢飄過紋入頭皮,整容不包括

平權還有其他美好的前途黝黑

19,18、17、16、15家家

「酒肉臭」,朱門玄關

本色停在小學生的課本裡。請對下聯

再標準地上下微笑

夾在眉梢嘴角,白糖綿綿

黃沙綿綿,泰山太行山

山東山西,河南河北

黃河道一馬平川

某一刻的某些天堂

過去某一刻的某些天堂
比如18世紀清代大觀園風風光光
被一座滴水倒計時17、16、15、14、13

12月7日正好星期六
St. Maria Giuseppe Rossello
天主呀，賜福我們，憐憫我們
募捐隊伍引動警員，揮旗的打傘的
一浪接一浪，Hello and Goodbye，她說
敲了一下乞討的食缽，餘音綿綿
感謝我佛，感謝我佛。
那麼，週末閱讀有關兩匹白馬
一百首歌，非馬，還是飛馬？
感到冷，那就用力挖吧
咳嗽一下吧掃墓吧教堂吧，無神的
鐘敲響了為什麼？

呼吸機呼嚕呼嚕，手指冬天的乾枝顫抖
但我還聽得見你那時興奮
　"所有的人都認識我！"
嗚哩哇啦。後來我們咳嗽，冷，站隊
跟在前輩後面，後輩的前面
取暖，出殯，掃墓。佇列中
向前看松林，一路車尾紅燈警號未來
向後，從最早最遠的黑夜閃爍著
新生第一盞燈，做個「小的、乾淨的、自由的」人
然後一盞又一盞，曾經的輝煌照耀
尚未出世的來者，「高尚的、純粹的」，那麼
捐獻吧施捨吧
把我的墓掃乾淨。有誰
能在生活裡滾爬
掏出土，再掏金掏銀，同時
又能掏掉這裡的痛苦？

22

歡樂青銅

還有青銅編鐘唱著這樣歡樂的故事：
聖母躲進馬廄，嬰兒像隻流浪貓
掏出，從污垢裡淘出血紅信仰
就是這樣不可理喻，歡樂！歡樂！
隨手一洗

海面被風吹起細浪，其實比潮漲潮落
讓你更困難地沒有規律。有時比較幸運
一股暖流由不知名處抱住你，就讓
我們留在這裡好了，陽光飛過皇家燕鷗金色
嘴喙，而我卻必須用力地划臂蹬腿，因為停下
就等於沉下。洗淨氣概和撒嬌

重型機械或巡警、城管、家管，只要手停下
一不留神，孩子們就驕傲地飛跑出去
為一個世界的人，為我們微軟的聲音
和追風的腳步，找到新的疆域闖禍──

拉開那幅布簾，不得不

認出簾子後面的自己，黑手或白領。

關鍵是我們不知道哀傷何時

種下一棵樹在這座大玻璃房子裡，外面

下著雪以及各色禮物。常青的陽光，常青的

鏡子，鏡子裡面常青的隊伍，你

從轉世的昏睡中醒來

也是從鏡子裡看見

我頭上飄蕩著純白空泡？

浪花還是淚花還是理想？一群飛鷗

打了一圈前兆，落回來一百首

空氣詩在沙灘上啄食

那一點點綠

耳朵裡沉默著

颱風和大浪。你說，風天最適合海鳥

和五彩衝浪板反襯著

七彩風帆。這真是我們的風吶

我們遊戲和捕魚兩不誤，魚鷹

羽毛提示天邊南飛的人形越冬。漸行漸遠

咳嗽氣喘，尤其當健康地存在

還不是個太大的問題

一家人圍一桌撐開的大宴九道菜

而周圍秋天剩下的顏色，正一分鐘一分鐘

被白雪取代。你坐在那天奇特的光色以外

幾千里，因而看不出她膚色已經失真。

沉默總要走開，請站遠一點

急救車尖叫，急診室裡外雪白

家屬簽字吧。

那一點點綠不過宴席裡一碗配菜，不過一浪
海藻在海神心裡代謝出魚鷹。再游一圈，
20，21，22，未來的已經來過了

屬於蛙泳，仰泳，自由的眼淚，還有貓的
九條命。家養的世界裡只有棕櫚大風裡
披肩髮忘情地狂飆。於是我們赤腳
進入最後通道──

墓室壁畫上伊特魯里亞的魚和鳥
與常青藤糾纏著向前攀援，因而更敏感
死，更確鑿，生於十二月

在水面行走的那個。

每個活著的童話

他死了因為我，當然首先因為瑪利亞和其他
所有這些人。沉默中颱風關掉音訊，高分辨
掃描身體各個器官，並懷疑詞語斬釘截鐵
而犧牲可能呈松綠，並不是鮮紅。捐獻吧紀念吧

為尚未出世的聖女貞德，為未來
一位非洲總統
這群槍暴的孩子，曼德拉
依然在流血，因為一輩又一輩
爭搶，因為魚、石油、花樣溜冰冠軍、肥碩
冰箱、車廂、貨艙、肚腩，因為肺不哮喘
和胰島試圖恢復感應，鐵釘穿透手腳。

曼德拉誕生的時候，王國裡
紅的是血。每個活著的童話都有
另外顏色，「把長矛扔進大海！」他說。

海灘上玉石般水色當然屬於王冠。新山水
詩和千萬種肥碩代表黑與白之間
千萬棵更新的冷杉。我們如今
在你誕生的日子點蠟燭
點樹下禮物。事情就是這樣

常青且一浪接一浪，同樣地不同
好像漢娜‧阿倫特
一支接一支，有控燃燒著
我們的邪惡，而你不得不專心
一呼一吸，在重症監護下背著人

重新塑造梗塞過的大腦
重新學習如何纏繞
現在和未來世界

過女日

生日和終日之間所有選擇
都是可以理解的。各種景致，事物碰見事物
人治與憲治，都是可以理解的，但缺乏選擇

女世界裡，她只能流女水過女日，記住一些
簡單女故事，都是。三八。
選擇學業就意味著放棄父親，都可以
放棄小弟的理解

伺候公婆略持微詞，便可以被三八
把黑鍋背到另一世界。都女
山高，女海深，女蛋糕上女燭理解
一定可以兩頭點。都

兩頭愛，理解
兩頭靚，理解
兩頭三八

女愛，愛女都理解女肥女美
女煙女電話樹下的女人你不理解
一樣是十二月黨人關鍵的三八色女裙的
都是可以理解的

禮物。雖然半邊天，將近半邊
女天在腳盆裡一一疊加，跳起撕扯，爭冤喊仇
深似腳盆，馬廄裡的男嬰，腳盆裡
的水命。半個哭不出命的女菩薩
母奶父愛為她算了又算；艾米莉
為她寫了；瑪利亞哭了；女寫女悲傷，你
不要哭。情天孽海抹不掉三八

也都是可以理解的。祝你
祝你們女日快樂
（加蛋糕，鮮花，紅酒表情符號等等）

　　　　　　　　　　——仿楊小濱

過女日

31

集體自盡正陽門

家離開那個最顯眼的至高
低倍數。弱者口渴嘔吐
我們能說什麼？朝陽
醫院急診室農藥的

春天還沒來，下午3：03風箏
飄過眼前柳絲，一不小心
被丈夫被婆婆
被聽見自由。憲法說城市土地
農田連祖墳都不歸屬

個人。以為自殺就自由吧。人魚出水
醬紅還是絳紅看你想
在什麼地方留白。固執地大把抓

種子法隔離控制，不得銷售，城管也
讓我們謹慎裙裾拖地，妥當

依法救治。惡之所惡

肉體需求和隨意插足

兒媳考研、自留地出租、繼承祖屋

都屬於自絕於集體文明。村長

固執依法你美妙新鮮

山水之中閃電般

就成了暴民。員警叔叔魚人

醬紅好吃好喝農藥，大把灌胃

一人一份

一打人等男女

圓的方向問題

把隨意降落的位置命名成圓的
方向問題。你不是美國人嗎？你不是
中國人嗎？臺灣人？香港？

鹹風輕撫，海砸下來的時候，我不是，卻不由得
顫慄於口水的份量。瀝瀝星光太重
要最好關於一件事，你無法選擇的

一件，簡單手工或者憲法（敏感詞）
修訂。來吧，無論
為母親還是腳盆裡的玫瑰
癱瘓無力的右腿，你無法翻身

位置，母親，即使無法選擇
也秉性深藍。我在洗，我再洗，來吧
生日和終日之間所有的藍。

反而蕭殺各種圈套，俯視外交辭令
唯美又宿命地外省野性並田野考察
眾星象。而右派移民通往天國
雪域，但未曾授予公民紙。去嗎？美麗
國，美麗島。雪人內部

車轍吱嘎作響藍色太空船向左
猛烈轉舵。美麗凍人微笑
向我們邊揮手邊走下舷梯，曖昧部位
隱痛不止。難道母親預先支付了
通往天國的玫瑰夢？

字母，母字，您終於接受了
中國人，美國人
臺灣還有香港海峽兩岸原生
大潮，水藍，天藍，向前向後，不住。

石榴新娘的太陽裙

或者太陽新娘的石榴裙
看你怎麼理解文化傳統和未來春天
時裝潮流，對吧？讓風箏
讓自由自在還給她
綠玻璃手指尖
夠豔麗夠權威了？君臨

冬日燦爛一口白玉齒
嫩紅唇瓣，鬱金香以前
有牡丹大朵地焚燒，古典火炬
穿越千年皂袖之制，線條
水準傾斜入懷，依然
並不透亮，所以
你們跪拜時最好
自帶鉤刺，唐皇家園裡
太多生猛食肉的花花柔腸

滿天呼嘯海藻，有風也有

在靠近陸地柔軟部分折斷了

桅杆。龍飛鳳舞，煙潮雲波呈現

藍或者水紅的絲紋細節，太平洋

金槍魚的肉色，抑或美洲三文魚[2]的

杏嬌。天龍裏挾——

碎麟是液體

氣勢是光，千里度量著

內海深處豐盛

甜酸苦辣暗示了

什麼口感什麼消耗，而

水泡的信息

我已經電郵給你了

有沒有收好？

---

[2]　鮭魚的大西洋種，常被音譯為三文魚。

逝者存入另類雲端，預報未來
雨雪消息，雖然這些都不代表什麼
現在看來也還不是你的
理論積囤。因為真絲裙裾下
大宇宙狂歡肯定少不了你一份。

舊笑話

這個笑話舊得
讓蒼天暴雨繼續破譯
我們的不得已——
面對帆船失事電器浸水再大聲呼叫
SOS。什麼都沒有留住
沒有小木屋可以走進去揭開真諦
沒有洞房也沒有紅蓋頭

平板地活下去，發呆智人
還有什麼新花樣翻出來讓我瞧瞧
這些橫七豎八的船板，斷頭電路，沒有
掌中書或錦囊妙計，也沒有秘密星光指引
煽情電視主角一邊穿過冰層及時下沉
一邊深情唱出大魚的
小島肚皮，海灣邊角，以及
海峽彼岸的清潔規矩

藍色安靜進入水流
鮮豔表層下那個故事裡小人魚
小木屋劈開前面的話頭與矮人
對視。你還以為槍口是對準你的
以為石鐘般的聲音在呼叫SOS，以為
肯定會有回應，洞中蒼天隨時可能爆笑──
一切都會好起來，牛奶會有的
一切不過白光之夜的調侃，你以為。

可是這次只有我們唱主角，藍色行星
不可救藥的複雜系統，早已喪失
某種似乎能夠抵達的洞察力，揩揩眼淚吧
我彷彿終於捕獲了你，「我們能夠登月
再安全返回」，他歌聲濤濤
漸遠。以為失事
以為凝神，以為結晶
而此刻雨反正也已經停了。

怎樣馴養一隻玫瑰？

三月忙四月小雨

五月送你一芍藥去看郎

溫柔時刻無詩無時

可惜鉛污染了。我愛人拋芍藥散櫻瓣

茜紗窗外空炮鳴天竺玉竹金絲桃紛紛

超載橡皮艇各色餃子下油鍋劈啪

開槍後再想不起你模樣無

週二早雙雙低開，滬指跌

至3628盤新低持續

震盪重挫，蛾眉慼短

蒼蠅無

老虎無

我們下跌很多很多

在水一方在沙灘沉海底無所謂伊人

快來救生，救世，救無

其實今年二月份他們已公布

圍繞品質更小溫度更低也更加黯淡
另外那幾隻與你體重正好

不成想六月裡文星閃爍
只有登飛船棄花車
不理會雄蜂訴說

香腸謠

不要等了，愛人真不要了
不要再等專門的
短詩開啟法器，幡影古怪
離間了一家人
可以說的話語，對講於
今天晚飯時
那個像海浪一樣的
念頭，卻充滿人間肖像。
有點奇怪吶
白天鵝和粉紅鬱金香熱鬧地
七嘴八舌，嘟嚕著臉，她們肯定
沒有看見
天邊粗胖的海龜
確實在沙灘上一步一搖
奮力划動四腳
每隻發出不同的聲音

一望無際，長詩吭哧吭哧

掘地，既要做農夫還要

能夠雙目透視

墳頭下面各色魂靈。焚香

淨手時他們只是曾經活著，尚未

推敲背影長短，各自的

喜好，愛過誰，睡過誰

公開的，秘密的，捱到捱不到

響噹噹的白晝。玉人姐姐

自然先到，從菜市買回

一堆小鮮肉，稍晚時分

烹製冗長的香腸

在鹽水肚條以外

大鬧素食主義。打開或

沉淪，墓誌銘

在燈塔頂上訴說

水下千年。之後

帶領蝦兵蟹將衝鋒

卻依舊通體透明，紅鬚

碧藍水璽，參差荇藻

左右採之，讓我再次

陷入

對長詩的

畏懼。

從來不講

我們其實什麼都不可能知道的說法
好比醉藻真正枯死了懸鈴木，如果
應該知道的不光是藤葉雜拌
而是這裡到底販賣的是酸還是甜——
昨夜深色蝴蝶蘭
以浪的方式撲地，掉下
夏天三尺高
閒置的爐臺
書桌上令箭荷花
老去半邊，窗外
鴛鴦剛孵出絨毛
便被紅松鼠掏了窩。悲劇
日夜上演
在家裡我們不知情。

海的琴弓一拉一送
拍岸九百年，那麼

更多的事情和事情
後面忍不住吱吱唱著的
勢力，忽然感化的
能量撐著風的肩膀預先還給
去年的大雪，他們愚蠢
到封門。而春不可低估
因為春的脾氣誰都拗不過。劍魚
刺傷絲絹上的蝴蝶
而不是腳邊趕不走的
海鷗。故事裡即使我們
並不知情，海神依然
帆翼舒展，上風下水

浪湧。桅杆傾斜，音樂繼續——
「在大西洋底下鋪出一條
棧道，人骨一路雪白
從西非到西印度群島」，詩人

寫的黑奴考證
捧獻給一如既往的
海王，鮮花鮮肉
透氣的珍珠，貝殼猩紅
聽那陣陣哭喊廝打
銅鼓裡肯定有血有肉，鋪展
這些閃亮，鋪展這些劍刺，鐵索
生鏽，鱗片已死因而說不出
雨的，魚脊的，傷痛垂首無語
蝴蝶不能。可是假如沒有愛
會有花枝折斷，悲劇一再重演
卻依然傾國傾城？

搖搖蕩蕩

最後只剩下一個關係和

旁邊緊貼著的那個人

心目中的感覺，你

並不知情，雨沖刷雪

在街頭踐踏成泥

不復返心底的那種感覺

向你湖底投影：

河北山東，往前屬於

玄厥州，安息州，高句麗，西突厥

記得你中有我便是。惟有它拖泥帶水

擁抱卻與你不對到底，不可分離

雪與雨，小孟姜

卡在死長城狹隘夾縫裡

永遠停頓，生女

或者生男，一胎制就是要

製作這樣的邏輯，讓我們盲目於

唯一的指針，同時忽略

真實的認識。你拉住我的手
孩子長大了，我們長老。石頭

從寬，從半山腰
顛簸各種關係和機遇
動機和動機後面的交響
小孟姜哭動
自己的風，思念飄浮，當
你面前荒野的星星
在海面上
蕩漾起一月前哭倒的
遍山白骨。遺忘混珠，還有
疊迭起來另外的東西暗地伸長手臂——
彎彎一個月
拴不住小孟姜
情似淚海浸泡這座港灣城市
每一條街巷，使我們不再能夠辨認

真珠魚目到底是

哪位莊嚴地

載入你日益模糊的地址簿上。

小黃魚不是鴨

被自殺示眾。吹氣行為的

優秀品質被他們

被這些演員

在王國語言裡表演成

英雄兒女，當然主要是指男兒

次要的女兒成為受害者被象徵被

綁被奸被打被剝削

在圍沙洲被困被操練

被壓在美國人的石頭堆下

被他們通商被穿

被用被吹足氣被漂流到

被賣被買被爆炸被指鹿被

凍結被插入被深淺

被游向遠方被南瓜

被農藥被燒那是

常常發生的哭訴，被旅遊被領事

被請喝茶被二進宮被逃稅被嫖娼

不花錢性愛時不小心

被搶被占被穿上玻璃小鞋

被檢查被刮宮被做陰道探頭

被流產被不流產被起訴被押寶被收監

被高跟被纏足而裹斷腳骨

被炒黃魚被小白菜被上訪被加醋添油

被蒙頭被披蓋頭被割喉被貞節鐵鎖被貞節牌樓

被忘記被無名氏被殉葬被不許發言

被十二月趕出門休了

那該叫被休了

被雞還是被鴨到了被投海

一報還一報還是一暴還一暴

這些你們都應該清楚

科學教育工作——蘭花賦

新的一年

像這些氣根，還沒有

伸腰吐葉就乾了，彎曲地

或長或短指向

不容易提起的下半盆

部分穿透人工泡沫塑膠，懷抱

一捧鬆軟透氣的苔蘚朽木碎渣

腳下無土，卻由自己製造

花枝高聳巍巍顫顫

無怪她傲氣。來這裡的

訪客不知情，眼望越橘坡

窗外茂盛成蔭，已經綠得發黑

而窗內粉紅這麼肉質肉感，碩大又

不可思議地豐盛下墜，馬上要

你不知情，馬上砰然

在清晨告訴我什麼？警響

夠了？提醒你回頭？砰然

墜地，抓也抓不及。花蕊花柱

片片朵朵推倒春山

只靠重力推理，冥想方能容許我們

進入你確鑿的景致——

慢吞吞

不動不移的

令日子懸置的

不動不移

美

易碎又頑固的

　　　　盛開之中。

渡鴉，渡鴉

我只認識烏鴉

直到兩年以前看它從我頭上

慢吞吞飛過，邊扇風邊回答

「高地的存在當然就為了占領風」

在耳邊鼓噪

新辟的無名英雄

眼睛望著高地只見烏鴉的

戰旗在飄，地下黨人呱呱

按字數出賣自己

和同志，也出賣我們

紅人黑人黃與白的區別

只是因為不能看見

血與血，除了格鬥

除了槍口

不復返不復返

渡鴉，渡鴉還在盤旋，你還在說
還在說其實還生客不多，卻都渴望
點讚，復返前年的維生素案
汞中毒鎘中毒鋅中毒
牛奶食油小黃魚金槍魚
駕車來小城做客，鯊魚
地頭蛇，朋友如蠍還不錯
不錯採野花採愛，親愛的
在同一畝地裡
你不太可能採到不同口味的

南瓜。一首歌一幅畫
渡鴉知道
採恨採聲名採神秘
採訪客你說也說不清
為什麼祈禱的結果
不讓你重新。開放、保密、審查

黨升上地面，而無數名被害者

還有他們／她們的家屬

為了什麼什麼主義什麼什麼

信念什麼什麼慢吞吞

歲歲綿綿

詞來歷不明。如果錄影倒轉

海從風景裡豎起，我們

重新飛過

前年，大前年

渡鴉，渡鴉

復活者是誰？

渡鴉，渡鴉，你會在哪個

　　　　　　歡樂海面

　　　　　盤　　旋？

夢。鬍鬚虎

折枝，折桂

是一個意思嗎？夏末的濃綠把

此刻染得意味深長。卻再也想不出

下一刻的模樣。不知情的臂、胸、腰

是否有能力挽歐洲

移民大潮？

紅海，地中海，愛琴海

聖賢人除了說話喝水

會不會陪伴我們匍匐雪域，在楊樹或

楊樹僵死的寄生葉下臉色逐漸

紅潤，零碎晶亮如野百合的漿果？折下

什麼在手裡？金銀花嗎？

又叫忍冬藤，那金紅

微毒的果子內涵什麼？

我們的孩子嗎？

他們的命運牽扯所有這些

盆盆罐罐，以及那邊

那麼多人和事物，卻與我

這個母親無關。此刻秋風

隨水漂來。猜不定蜂鳥點點頭

替你做出哪個更重要的決定

僅比青蛙背紋凸起了

一條胖魚（？）還是它擲下令箭

投下荷花，紙老虎

抖動金色虎鬚。聖賢發言

他們發明了字母和定義，再次告訴你

句子不是這樣寫的。電影

更不可以這樣拍。當你轉過身

水裡已經安靜下來

水下胡同四合院。南河沿垂頭

柳樹比凍土下青蛙，比壁虎

比西北風比衝鋒號角
吹響紙糊的風箏。比紅蜻蜓

楊柳輕揚雪域。我們原來
手裡竟是在折柳！準備大移民！
去哪裡？隊伍裡人面聳動
而你的血氧悲催，正止不住
從我眼裡點點滑落
漸微

2X 怎樣馴養一隻玫瑰？

首先肯定是兒童樂園。粉紅天藍吹起
肥皂泡泡請不允許他們長
圖書館不需要買東西
也不要新炮眼、鳥語幼稚的影子
分子式、積體電路圖你想想看
安靜。謝謝老師。孩子，謝謝。

然後從這裡。就可以從這裡
走出歧路。兩年了
兩百隻奈及利亞她阿富汗馬拉拉她
多少玫瑰被領
（一千零）一隻（一萬零）一
不情願地。真主也好丈夫也好
牢牢捆綁由於鮮豔
也必須生銳刺。拉皮條
手套把嫩枝牽上婚嫁古舊的
籬笆。叢林

有陽光的地方

就有這樣的炮手。小村

緊急情況請與政治。當街

或在私房按鈕，她們日與夜

按鈕按鈕。人間

溫差幾度男孩子長成王子

女孩子長成玫瑰。樂園重新

需要更多粉紅

更多天藍統統變成

以黃金為名。緊急情況

按鈕！按鈕！請議價芬芳的

玫瑰們按鈕哈！

畫不出的風景

風景可以油畫
風景可以水粉
風景還是風景
風景不屬於我，也不屬於
這些原色

風飛來飛去，透明的翅膀
此刻一動不動，數得出冷杉
蔥蔥的針芒。我聽見你
縱聲大笑
眾天使兼程
漸遠的喘息

景的深處執著端起一盆火
雙目炯炯，是牛是虎是你
燦爛抑或雷霆，都是你

遠看麼，有石有水
水仙花和稠酒

還記得嗎，今天
是我的生日
這首本來寫給你的詩
跑了題，因為你是我
降生其間卻永遠
也畫不出的風景

我想念你，媽媽
我想你在
遠處近處高處低處你在
牢牢又輕輕，是你
你的熱度
泉香酒烈，你在
明處暗處，流淌

活著清脆

金葉一樹
金葉一路
踏上去清脆如碎玉
在晦色密林間
撐開拱門，呼喊太陽

持久的雨
落在林的秋思上
持久的心緒
朦朧著水的慧光
嘩嘩啦啦
唧唧呱呱

活著清脆如玉碎
一個人走
一路小曲

一個人舉頭

望一路金玉其內

遺言

把我放下
放進海裡
魚在上面
雲在上面
星

以後
會有自由的孩子
來到海邊
潮水彙聚他們
晶亮的瞳孔

鞠個躬吧
向著這位沒有敵人的先輩
你們說說笑笑
大聲談著自己、國家
和全世界的事情

這讓我開心，禁不住
濤聲朗朗

你們中間
最勇敢的一定要
跳進來游泳
好讓我細密地柔和地
將未來親吻親擁

——給劉曉波

鼓浪嶼，或者另外的島

這樣喧囂鼓聲隆隆，書名
實名，未來的名分和現在的
位置，是誰在晃岩上立穩，指揮
操練，日光岩，沙積島
抵抗南京條約和公共
租界？一口氣之間把船搖上
鹿礁，過去藏在水裡
血和淚忍在心頭。

沒有了名字的誰誰在和平時期叫你
「鋼琴之島」，對比分明——責任烏黑
羽毛雪白。小時候音樂自天堂
娟娟而來，正是孤兒們索要的庇護。掠過
船樓，更細小的珍珠落下，如鼓如鈴
還可以重新設立另外一些陽傘
海鳥翅膀翻飛，或親或疏
鄭成功、傳教士、絲竹、小步舞

與我們息息相關。過去的優雅
唱起大浪裡陶冶的
水、火、浮木。選擇
遺忘，和這些不知屬於誰的
前途。答案是肯定的，我們會
繼續渡海，從波峰到波底
從你的長睫毛到我的
短髮梢，殺得開心。這裡
發生的當然是唯一的，像所有島嶼
一樣，總要在
末路的未來結束。

是海，總得拋些浪花

1

霧中看花看水
看誰看你
看你看誰看水看花
看歲月碎語喃呢

2

我們是溫室動物吧：山風吹起
倉燕激情高舉，而我卻頓時涼得
轉身進屋，可惜風景
這麼爽，這麼開放。

3

誰家
火燒雲
把大山煮得
透明？

4

藍莓熟了，我愛吃

熊也愛

藍鵲，襪帶蛇，紅松鼠，土撥鼠。

5

白髮老夫妻在風景中

Selfie自拍

大笑，拍一次笑一次

人生真正美麗吧？

6

有風的時候

自有另一番樣子

7

桅杆折斷

世界下沉，潮水呈現

可疑指紋

8

死只是

一種說法嗎？王木匠

量著樹幹。海星

挪動猩紅的觸手。

9

你走後

黃昏一直持續了

很久

10

如果一片偶然的落葉在風中翻卷

那是棵什麼樹呢？

如果一盆精品白菊芬芳飄逸
她出自哪雙手呢？

11
密林裡，空
是死亡的明證。如此
巴赫的奏鳴曲沒有空

12
隨手一槍
所有屬於你的小世界裡
天花亂墜，亂墜

13
天若無情，那麼
機翼下面一彎流水，逗點什麼？

14

雲不動，天就更加
明快，因為夢
也同樣──
你不能踩也摸不著

15

大眼睛的女人
小眼睛的男人
心肝寶貝吧？

16

第三幅肖像最生動
因為它只像
它自己。

17

所有悲劇都一樣——

總要結束

在沒有可能繼續的未來裡

18

你是對的

我是錯的

可當你成為我的時候

$1+1=0$

19

在不成功的世界裡寫詩

如若從漏雨的屋頂下

走出去，走進

更多的雨

20

九十歲，九十分鐘
生命總比語言富有
語言總比詩人富有

信不信，我們三十五億年前就輸了！

21

藍蝴蝶，勿忘我
你望著我的眼睛，藍
為什麼總像海？

22

一句止不住
錯也錯不過
天真的
　　　　1966年

23
日子其實是
　　　塑膠的。

24
我們迷路了，沒有找到
無為寺。必須有為
才能無為嗎？

必須有寺，才有詩嗎？

25
眼淚能結成
草莓冰嗎？
或者
她的紅嘴唇？

26

那是種什麼風

領我們走出這個世界？

27

向日葵飽滿地垂頭，你

曾經是我全部的光

而我不過是你留下的影

輕得不能再輕

28

雲讓我們想到

自己與上帝的距離

29

即使沒有風，也沒有歌

草依然忘我地長

草芒指向太陽

30

樹枝一動不動

樹影在書頁上跳舞

跳著跳著眩暈起來

31

這個念頭真古怪

浪一拳打來

把腦海洗淨

32

沒有鯊魚

沒有金槍魚、劍魚、鯨

也沒有海龜，在垃圾裡游泳的

是我未來的子孫

33

寂照庵花，感通寺綠

蒼山索道紅龍井

朱鷗燕隼雪夜聞鐘又是

什麼顏色呢？

34

進入一種語言就像進入一個世界

夜的語言、月的語言

水、樹、螢火蟲

地下的大合唱，生生不絕

35

陽光，清風，花香，此刻
讓人心酸，你上路了
別再碰見另外的我

不是說好野性人生嗎？

36

肩上包袱當然
重。五十歲，心的擔待
已經刻入
肌膚。

37

遭受重創的人
像紅糖一樣化去

經幡眼簾翻動
豆子正在豆莢裡灌漿呢

38
樹簡而又簡，就變成了
人住的村子。

我們的傲慢又從何而來？

39
這年頭，連雲的悄悄話
都被全世界聽得一清二楚。詩意
能藏在哪兒？

40
我倒習慣於屏面的
浮萍隨水隨風：

混響的光色就是家；手邊
電線充值水下的根。

41
來吧
蘋果下樹番茄上桌黑莓甜醬
肯定早都走了光，剩下最美味的
出土：蘑菇土豆蘿蔔紅薯

42
青果青，熟莓亮
光線越暗，果子越顯眼
星光在海的深處
從天上召喚我們吶

43

春葉滴滴柔軟是初戀的柔軟
夏葉重重濃烈是貪情的濃烈
秋葉嘩啦吹響北風最先的號角
冬的銀針繡出來年新芽的水裙

44

這條通天之路焦點遊弋
是雲端座標X逗點Y
還是馴化以後回歸畫圓？
鷹當然可以不問那麼多

45

安靜，這麼徹底
難道我已經真地失去了你？

海跳起，子彈婉轉
8
6

46

發呆的智人

凝神是種粉飾吧

47

懂得隨機率以後

詩寫什麼呢？

48

蒼蠅突現，從無到有——

你見過牠們的影子嗎？

書頁迎風見長

複眼裡一千個太陽

49

詩人一再斷言

「人的生命比樹木更加複雜多變」

說榆木腦袋糟蹋了榆木吧。

50

轉頭加十字波浪

側身展翅托石

雲手頂天立地後彎弓射箭接

八字轉腰提臀提跟生長

51

嫁了個女婿不成材

趕集去回不來

又吃酒又鬥牌

（這闋是從涂涂家抄來的民謠）

3 X怎樣馴養一隻玫瑰？

游泳有時在海面
有時在盆底，有時先要讓她
上浮呼吸。百分之十不忍心

無法開始不意味著有資格
從十三歲就立志
二十歲就治國
國務卿第一夫人希拉蕊
參議院馬圈裡
滾爬還不夠髒
哪裡配鮮花聖瑪麗亞

手臂溫柔彎曲哺育
永遠不。或者讓那個救世主
生七到十二個孩子。包括
臉埋入海灘的那個
包括非法入境，帶刺

帶笑帶血，聖瑪麗亞，有經可
哪裡有資格！賣俏可奉獻可
她怎能認真總統呢？鑽營，奸詐
野心膨大，躲起修眉吧
蓮步輕移吧。台下聽講吧

太多精力綁架海底

所以連血盆
都不是信門就是水門

葬儀的部分邏輯

你頸上圍著彩色蠶絲抑或素色
刺蝟抑或羊的毛，手捧鮮花
整個冬天你都在準備這一刻。其實
準備不是真實的字眼。不過
預先算准小小島南面的
船越錨越漂，星期四還蒙著
遮雨的帆布，星期五，細風中
已經枯黃的玫瑰葉
就能再次新花盈盈？

出海的時候，壓低帽簷
我們頓時都沒有了名字。嘔吐
一打人等，「下一分鐘
會非常顛簸」，記得你當年
自信的領袖語氣
河口外泄和潮汐一起倒灌
小黃魚，你得意地笑笑，向她

拋個壘球。先人們不會水
入土為安。愛戲水的要
下海自由。船已經盛不下你們
救生衣更讓人暈船又暈海。這點
我也才知道。

零散的石子鋪出草灘的
荒蕪，上面東橫西豎
枝條現在要憑我自己去辨認：
藍莓，草莓，越橘或紅或黑
覆盆子和樹莓。八月雨
剛洗淨海的臉。表情多意
卻不被我們讀懂。景象
算不算收穫？還有
四周儀式的邏輯，林木間
墓碑若隱若現，水花浪花
零落下這些粉色紅色

花蕊花瓣。曾否有
巨獸在船下移走？聽聽吧
你先別動。

你心裡的歌過季了

決心之後
革命繼續落下地平線，沒有邊兒
一張照片也沒有。許多樹黃昏時分
模糊搖擺，曲線晃動
許多人由此被拖進
學習班，或鼓勵
旅行世界。心累了，腳累了
快掉了，快到了
那個大字舞蹈
肯定還在街上反覆彩排
卻聽不見地球和太陽競走的
勞作號子。要不讓顏色飛回
空空的靶心吧，由你選擇
紅的，藍的，綠的？
這麼說來
靈魂和希望所需
甚少。這裡我們能夠挽救的

唯有這杯水，還有水面
永不下沉的桃木。避邪。

決心之後把槍還給老張
的媳婦。白水茫茫，煮海的時候
宜於唱新歌。烈火熊熊，你
扇著扇著，揮霍生命，臉
不小心也落進海裡，哭著嚷著
要媳婦。多好的媳婦也都
累翻了——
三十年背上一打嬰兒，像忍冬藤
入夜後扭曲著不出聲地盛開。敵人的敵人
都出生了，我們還在同一個夢想
裡面沉睡，等待天使
或者龍女把我們拉入
一個由死神註冊的學習小組。

決心無論自盡，還是意外還是
疾病還是戰爭，雖然沒有壽終
卻在不知情時芳馨如忍冬藤上
金花和銀花
端正地並排躺好
在你黑白色素描裡復生。

繼續

語言下垂

天使賞賜給你

空氣流、豎琴、淚水繼續

殺人、被殺、與自己為敵

繼續看抗戰電視劇，繼續小集團

繼續雨後逢生，言情或

企圖讀懂天邊的海

耐心等候高速路抵達

語言滾滑的沙池中

帆船遠航16，17，15繼續

接受自己，尖尖發財的，零碎芳香的

高挑，低伏，斜刺，彎曲

蓬鬆或密不透風繼續譜出

荒野村莊俱樂部

烈焰噴泉公園，週末繼續

流水，分辨敵友，京劇還是

有關種族的紀錄片，大部分生活
繼續鐵血，職業競賽
拍攝於修長的走廊，鐵柵
監禁的獄友。忘記
美國台灣中國孫中山
忘記日本印尼柬埔寨，忘記武漢
在香港，他們繼續

從左邊傳來紅氣球，你跨步上前
過人。看一眼，進入九月已有幾天
揮汗帶球，拍球
左手，繼續拍拍拍
右手，右手在哪裡？20／21繼續
過人。過人
雨傘下的黑天使
過人。起跳如騰烏雲
擊中。找他。找不到她。擊中

靶心。一圈又一圈，澳洲加州

山火，繼續燃燒。一圈又一圈

男人，武器，用牛仔褲配

完美的戰士和棒球賽
活在卡通和對講翻譯機上
再生像草，草與草地
比賽地雷留下，自地裡
站起來，站起來一定是光輝的
寓言。真心奉獻
岩石。棕色的棕，血
黑得像海，石油浪打浪，卻
忘記伊拉克伊朗科威特敘利亞
狼，翻過我們的裙我們的
群。媽媽，你聽見了嗎？
你寶藏的血，被他們燒掉了
以色列埃及蘇丹索馬里，死
站起來，站在
你活過來的裙邊乾乾淨淨
讓孩子們重新登上
礁石，登上海盜船，你聽見了嗎？

有點藍，道理剛剛

流過血，成千個小小

沒活過來，九月。過了

演變成眼球，催淚彈，燃燒彈

快槍的象徵，我錯了你對了

但手指頭還在趕

叭叭叭敢敢敢，換台

趕不上魚蟹狂歡

舞蹈，黃瓜小米醋

小資情調和20/21不對等

異化，憑你怎麼想都不對頭

那就住下吧，住下不走了

就一兩天，紐約，上海，香港

有客人便有主人，這裡還能

讓人喘一口氣嗎？就一兩口

情調異化，20/21

晚飯端上桌14/15
白圍裙，白桌布
還有高腳杯裡的
淡水。而海是不同的

有點水就一定有點鹹
像眼藥，紐約，上海，邁阿密
在海邊你必須面對
男人，武器
用牛仔褲配。

4 X怎樣馴養一隻玫瑰？

好一朵茉莉花，好一朵茉莉花
冷嗎生活？這柱香描藍再
滿台花開香也香不過
的山西梆子不要命的妹

我有心採一朵戴
高清分辨貞節細蕊
又怕守花人罵
好一朵茉莉好一

衝鋒號響嘀滴答答
茉莉花開雪也白不過她
基地間柔軟砸酥沒見過海內
我心採一朵突突突圍

自由真諦：海跳起子彈婉轉
又怕美人挑釁口音清脆
笑也媚花也美

不冷不熱比也比不過
妹舌尖刀尖武二郎哨棒齊下
無心播種有心碻錘

連皮吃也好不連皮也罷

不怕她來年不發芽

另外那個

你兄弟姐妹的印象
在腦洄表現出浪的模樣。水袖翻出
解放戰術，系統眼皮，魚紋消融
信仰不再，我們按傳統一貫
齊唱合唱，站出來吧，舉起你的

指揮棒，南非剛果象牙海岸
把我們帶入夢境，做夢吧！重唱
那其實該叫輪唱，在彈雨裡
輪，就一兩次，在微風中
重輪，喘一兩口，構樹東橫西豎
毛茸茸的大葉
在投影幕布前陰鬱你兄弟姐妹
輪番上下啪啪啪抽打
亂夢斷續居然有人腸中車輪轉碾
水晶吊燈般彩虹斑點的腦海裡

金屬餐具消了毒

有點水有點血……

我卻不認識她。累了

累了，被壓在身下太久了

革命的遠方，擦手要用純棉布

20／21，大理石

洗手池排列，黑

牆，桌，椅

燙平的餐巾，生魚的托盤

醬油，漆筷。黑得累了

舉起槍，那盞巨型

水晶吊燈啪啪啪我們

挖地，挖憤怒，挖燒過

的肉，鳳凰的

舉起刀，投下叉

吃起來像雞，雞味？

還是長著雞臉的汽油

雞油的你一定沒注意過

海濱別墅修成歷史博物館

文化創意利潤

產業，雞眼圓瞪，不是我

不是我，而你沒有錯

是黑色大陸鬼影幢幢

暗門，看見

沒看見，黑手長長

把你剖開，用刀

用微軟視窗的妥協，銀行，信用卡

鋪天蓋地的塑膠螢幕

選票，準備好了嗎？

頌一首聖歌吧！這裡是平谷公安局

徐大隊長告訴你的銀行帳戶如

義勇軍三民主義星條旗太陽旗
五星旗青天白日永不落等等
國際歌大刀向哪個鬼子頭上
開啟？

5X怎樣馴養一隻玫瑰？

攀援訓練品質從良

嘰嘰喳喳悠揚

的女子自行車隊男教練吼

排隊彎腰把腿叉開由我試騎

林沖夜歸人萍果刀

一用力血肉都一樣抖

紅帆黑桅杆嫁給我就和你

在馬路中間做愛可以嗎？自行車

女床上討論色情與偷竊

車。鬈髮體液肉浪肉聲肉輪胎由

自己自由走在海面

雞吃垃圾由己

為女子由己

雞的由

做雞的由關進雞籠由

由自己枉費的

自由公路競騎黃鼠狼教授
環城騎環島騎環山賽車市場

出賣一隻籠裡的

女子自行車隊的玫瑰的

美言

美聲唱法領我來到一枝尖銳

楓葉有三角，五角也有七角不如

酢醬草三心卻滿意半夏以毒

耕耘出蛇信子半人半仙的

蓬鬆天堂充滿水分──

冰涼的小手

告訴我現在正好

用剩下的生命

去撐緊螺絲，滴幾滴潤滑油

而用預製的油布只能把手背擦黑。

不要怕，你不要怕

我們心裡的一切

都在攝像頭下，把這張美妙又

果實累累的鐵皮

放到腳下，用力踩用力

聲越大越悅耳越正確

他們就來了，都。就現在
馬上按下橘黃的電鈕
趕快趕快跳起
讚美樣舞蹈，手這個角度
這種冰涼，這樣細小
揮發著宏偉的聲音
在四面回響──

把她趕出去，趕出去，你們
趕快趕快動手呀
晚了就沒有下一個螺絲扣
或蓬鬆潤滑的黑油布去擦手
去按橘黃的電鈕
去鑽車肚子。麻醉劑
一滴一滴畫面光潔地
滴進眼睛，還看得見嗎
看得見就再等一等。他們早就走散

因為時間在車肚子裡耐心等待
老半天你還沒撐開
幸福眼淚感恩的龍頭。

天堂裡受福的人們
非常自信因而不可能繼續，因為
這裡大氣稀薄，地心力微弱
戴著高帽子不便鞠躬或曲膝。雙手
放在大腿前面，鬆弛
你手背橘黃，而心卻努力撐著
楓葉的八角紅傘，雖然明知自己
再無法保護任何年輕生命體
水分流淌：那麼把他們關進去
關進天堂
免於人間美言摧殘。

青檸光潔

青檸口袋裡的語言

苔蘚紋理耀眼的語言

淺溝明渠葉脈清晰的語言

光禿禿樹梢參差不去的語言

步步緊逼耐心盤旋而上捲曲黏人的語言

覆盆子撕扯不鬆口倒刺血肉不分的語言

甜酸不膩愛不釋手讚美不盡痛處

指尖上顫抖生怕染汙白綢

蠶絲蛛絲蜻蜓翅膀眩目的語言

雨滴瞬至蝴蝶綠甲蟲花大姐的

陽光的水的背陰處的語言

被啃被伐被踐踏過的語言

外來的移植的溫室裡嬌生慣養的語言

變異的嫁接新品失誤

又死而復生，野生的入侵的

馴化的，邊緣化僵硬化

壞死在花園角落的語言

皮實霸道蠻橫不可理喻

強勢平枝旬子紅豆的語言

桑葚櫻桃藍莓稠李勾引黃蜂的語言

馬醉木如雪四季海棠紛紛揚揚

自娛自戀自傲陶陶的語言

春蘭夏荷秋菊和大麗小麗

銀扇鐵筷子雪地裡的語言

無悔有倦，不然令你質疑其目的

花的，種子的，花變成種子

種子開了花的生生息息

噴香刺鼻招人惹人

松針陡立，露水晶亮，草葉鋸齒般

柔軟伏貼，在你們墓前

默默點頭

香水百合的語言

我不想哭

還有幾天
和另一種藍，自由
解放的那一種
自在愛與記憶

從外邊
蠶食自由
自在被畫出的周緣
愛與記憶之上

藍，海的
一點兩點
這一點鐘的掘土機
與倒退的垃圾車相克

製冷空調，樓上搖籃曲
爵士樂鐵錘鋼錘

叮叮咚咚慈愛暗流

的重量，重複，合成音響

一二三四，五六七八

二二三四，五六七八

四二三四，你揚聲讓我們

走出去看另外一層天

走到一起

到這片土地是你的土地

包括這些塗色鮮明的重型機械

九月。碧藍的原來是泳池，而不是

海，沿海岸線的

九泱九，心自主地歌唱

This land is your land, this

Land is my land，自由

昂貴，黃金

蕩漾的九泱。五六七八

五六七八。我們在落日中

聽季風，聽轟鳴的山林

飛翔的鋼鑄發動機

轟鳴，外面吹動風針

密封艙外面的藍

輪胎急剎車，你突然轉身

災難焦皮味撒手

這不停頓的管弦樂隊

為你送行

潮水般鼓動勇氣

紅側柏進行曲

青藜蘆之上
報春花之上

香豬秧秧碎花串蘭
延齡花舞鶴草山香莉之上

你羽葉低垂
冷杉林畔與大葉楓七葉楓相擁

沙巴果劍蕨冬青葡萄
印第安稠李，明晦間

你一聲不吭地挑起自己的肩膀
即興同時新鮮而確鑿

人字型，蛇型，一絡急湍
畫上天的背景：兄弟姐妹抱團

姿態龐然，只出於身體內部巨大的
互利原則。白尾鹿啃咬之後，雪日裡

你毛羽光澤，哪怕天色幽暗，哪怕
每根針翼一筆一筆負重低垂

美麗肯定是有代價的。翅膀追蹤
情緒外在音符的傷痛，精緻地

把那邊林間其他閒言碎語和
裸露的骨架堅韌起來。人是個麻煩

伐木工建房百年不朽。越老越硬
連紅樹皮都可以扒下來編筐做裙

防雨防蟲防腐，與莊公關於無用的議論
相駁。你千手遮天，千手與無情歲月拔河

風動吱嘎，卻不為喧囂。即使匍匐倒下
你年復年生成母親身材，穩穩對應

後代子孫舌尖與喉嚨和諧
同時盛開，同時在玫瑰籃子裡

讓鳥鳴跌落，偏離上帝與
域外四度關係飛揚

也就是說擴大化，不快不慢
向前向後時間正在進行：

"變化總是好的"。雪不留腳印
提示我們被活活釘死的位置

在清風的間隙
只與我們自己有關。

聽雪聽風

聽風就是雪。槍口牢記著
每隻鳥的反應：C大調與G小調
卻被蟋蟀乾枯的憂傷弄丟了
圓滑，不記得放在哪裡？

九月
沐浴。
一月
不需要語意。

準備

在3：30的下午陰有雨夾雪
藍就變成最暖的顏色
La vie d'Adele. 冷嗎，誰，生活？
熱烈的山西梆子殺人不償命

操持我們不可能控制的節奏。天註定
這柱香寫盡藍色，讓風領先
讓雪摩擦得整個世界潔白發亮
沒有人見過全部的海，所以沒有人能詮解

所有這些在眼前飛旋的鵬毛。那一定是
真的——真的衝鋒號挺不住了
滴滴答答留在家裡，並不矛盾於
昂頭自流浪間浮出，不說不紮根

但也沒有可以攫緊的土壤，只有
風的斗篷在水層下七疊，把海藍
推幻成桃色、桔色、粉色
的細沙優雅地蕩來漾去——

工作－工作－工作

雪，落到海為止
憂傷適度，歌聲挑剔
嬌氣得不行

6 X怎樣馴養一隻玫瑰？

挖地的時候要先砸

砸碎柏油下面的基石

抓，金屬巨型手爪聯合作業

計劃工作計劃生育計劃晚飯

讓基石下面彩虹般雙層玻璃花瓣

讓聯合作業中女人死於非命

我們時代的頌歌震動腦海──她們

80%死於男人之手

不是他的寵物嗎？

不是王子的情人嗎？

不是動物嗎？不是犧牲嗎？任人

當牛做馬，也許不假

挖挖，哇啦哇啦

爵士樂挖斷她的命根之後

十一月把小號還給

弄潮男兒踩住紅波浪藍波浪

女作家瞪圓權威的慧眼

而大腿每人都有兩條

魔鬼可能更多或

缺如。靈魂可能更多或玫瑰

只能全方位

八年了，蕙蘭自己也沒有預料
夢一樣抽出一枝嬌滴滴的
花劍。秋色碧綠
長葉叢裡回味甘甜。瞧瞧你
僥倖度過鋒利的愛情關卡，終於
沒有把青澀時分
扔掉，磨性磨人的八年。

這個位置，這個盆子？
通風，加熱，還是要降降溫？
背陰亦或陽光直射，哪個季節？多少
小時？土，太乾太濕？施肥嗎？
哪幾種宏量微量元素？

等一年，再等一年。
本科加讀研。八年裡
只能抽象，只能從充斥的

垃圾堆，在博物館
古玩店，老黃家裡的
貓食瓷盤，老張媳婦
前人的嬌滴滴模擬
故事裡，寫意素描，找——
黃豆油筆記本茶杯手紙瓜子皮兒
測試種子開花結果，和最後鬥爭的
革命真理。不在於信與不信。

另一種說法裡，所有的流浪都
緣起迷失的海上，或
天上。海天之間，你尋覓
全新的形象。因為家常的蝴蝶蘭
富麗的外表竟為那位肥碩且閒暇
著名的皇家女人兼得，還有

潮，也就是流浪在沙灘上
大書特書，然後又被鳥趾踩過的
句子。所以午餐之後
貴妃浴室新千禧裝修
電鑽電阻再次提高聲量熱烈地
談什麼。此一刻不同的你

每一天都在不同的
洞裡深鑽，黑土，苔蘚，朽木
暗，潮濕，前頭後背有點軟
的感覺。潤滑油有著
不同的品牌薰染不同的手
套。煙草香混合石油
化工的香水味道，男人的汗
（偶爾有女人）流在
源源不絕卻湧不出手掌
心，聲高嗓亮並不為了誇張。

再過幾天，金花蕙蘭就會

最簡地最不同地把眼波所有的可能

恣意浪動，挑起水床單

東市買駿馬，西市磨利劍

一串黃花炸響鞭——花木蘭

馳騁御龍，海上唯一可能

模擬直立的方式。

如果願意躺下

又
正好有人願意出潤滑油
有人操電鑽
又有正好的心情。（抱歉
這個隱喻的淺灘）輪舞實時

浪動，也是腰的最佳
弧度。肩肘腕撐圓
腋下留出一拳的空
重心在心念。直背含胸
放鬆遠望，幾粒種子打碎蛛網與
巨人般仙人掌的三角關係。再讓出
一個空間吧，因為我們不懂
海與島的節奏，水面漂木或吐字時
舌尖的位置，我們大家與萬物。

練楊氏太極拳的劉師傅

15分鐘前並不認識我。現在

教我在入海口站樁，吐納真言。偶然

一艘遊船，越過水上出租艇，突突突

石油漂起盤絲般彩虹，繽紛折射

萬物與萬物間神秘的

潤滑關係。風停了，但我們沒忘記

過去它領先的低語。

如果我們此刻正經歷著全世界的焦慮

被授權者種種摩擦，琴弦縱情

在起重機牽拉有致的鋼臂間吟唱，無論我如何謹慎

以灰色靠近，或者黑了。或者沒了。長夜漫漫

穿過北極冰層，授權書消失在人海還是

市中心巨型樓群，北京霧霾，巴黎

地下水道，沖刷，意義泥沙俱下。

那麼浪漫一定不通向

這條街，rue Guillaume Bertrand

浪漫也許更熱愛梧桐下的塞納河？而攝影家

在齊腰深的汙水裡搜尋尚未被別人

探明的隱喻，隱喻後面

形式的美。20／21年，新生活重啟

我們目前還都在盡力保持優雅，愛惜

自己已知的皮毛，順從地躺進

水下網路按照國際慣例跨洋的航道

祥雲無線，存儲大家，三星在握

來吧，萬物的萬物

授權的伴侶，捕食的蒼鷹

授權給灰色，給此時天色水色

此時的懷疑。你也在紐約嗎？九月

深綠的樹林開始泛紅

尚未得到授權也不知情的時候
我願意躺下。

海跳起，子彈婉轉

1
3
4

風涼了，在海上

搖晃。走出風媒的疫情
才知道茶杯裡的水
有多深。懷疑的小艇體驗
風和雨的精神，帆
卻不曾擁有屬於自己的
混紡棉布，當然隔水層依然
旗幟般堅持紅色吉慶的
節日，在愛與記憶之上
先燒成火再燒成
灰。原來，窗外面碰撞的巨響
並不是電鑽在深挖洞，以創造新的
存儲可能，因為風吹過街旁
巨型鋼管和塑膠管
都已經空出鏟車金屬手臂
有力的弧度。停工了，空洞依然
抱牢土地的下體。無人的空街
深深通向顯微鏡下的顆粒。你說，

句子不是這樣寫的。牛奶不可能這樣
翻出碩大的白浪。樓上鄰居又在
健身跑樓梯。蜂蜜也規矩地
住進貼了明示標籤的
蜂房。茶喝完自己
杯子也空了。還是不加
檸檬，不加逗點，或者另外的表情
符號。那就更空、更未到位，像肺葉與
支氣管纏繞，像用過的口罩與恐懼纏繞
到位，像所有日子乾燥
從而安靜，像你的鼻血湧出窗櫺
卻仍然堅持親自操控旗語的
疫海航行。唇緣眼緣鼻緣，風吹起
細小水滴、泡沫，以及
並不知道海深的
最後的鳥群。

無法開始。

這些眾多的變數走下情懷的臺階
親愛的塞納河畔意味著
我終於能全部收拾，而不必要
在走地雞或鳳凰歪仔之間捨取
夜航，和愛你的新鮮。遊船上
複雜紅酒最簡單的喝法──唇對唇

從而無法結束。曲調要找自己
全部的流向，風垂在柳絲上
牽曳得音符長長短短，除了不可能的
全部可能。那就請暖風的切線微分你下顎
這條柔和的弦？物理教授把號嘴從
唇邊移開，意識到木管有比詩人
還緻密的海量肺葉。吹吧

日本樂人雙腿分立，面向的
一定是海，鹹得有魚，響得

濕透了女人的帆，雖然
河水的授權最終依舊無法
抵達。十月裡嘴唇棉茸茸的
想法也會在終極的熱念之後
尖銳地發聲，之前的晚飯
髒筷子、雞翅抑或雞肋、床單揉著
反覆的水印。你看，睡去的海鷗

已經在月光下把船擠得與
大洋一樣寬闊，而你只想
床，想風吹在風上，扶搖直上
搖到夢醒。我們不是說好了
反覆炮擊，連續作戰。海峽兩畔
親愛的離異，四十年，生與死
殘酷嗎？無止的軍號靠風吹響——
向前向前向前。前面石油

海跳起，子彈婉轉

1
3
8

前面十月。收拾肺葉或鰓片：

湖已清澈無魚。降E降B

大調小調亦無魚。唇對唇，紅色藍色

大號小號，瓶嘴都帶病毒那種

特選級、優選級、陳年釀制

調子或者號子，因為

睡覺是自己的事

吃飯不是，一輩子更不是

而喝葡萄酒恰恰好

只要兩個。

還是不說死吧，連S都不說

Sex，色

不三不四當然也不用思索

死亡率怎麼計算

峰說了，谷說了，藤說了

撕破臉皮，你也說了

粉絲私信大私無公

嘩啦嘩啦打在臉上

雨說了，魚說了

海呢？Sea，總比S高級。海量比較

崇拜度數，比較習慣

喝高了。喝喝喝

呵呵呵，孩子坐在懷裡，聯合喝

啤酒喝高了，還有誰，嘿嘿，記著

昨天的話題，關於澳洲山火

武漢疫情，關於人的故事

A大調E大調五處符令

升升降降升，圓號悠揚，湛藍

推翻推翻推翻，推翻推翻

前言後語的邏輯，真實和真實感

貓的事，鼠的事，蝙蝠啄木鳥

和食蟻獸，推翻邏輯

的邏輯，血的跟著水的

湛藍必然，驟風死

海必然，枯木死

兩個人人必然，石子無悔

它們就在我的臉書上

堆出花的模樣。青灰岩光潔的葉片

玉白子花蕾，赭黃石有紋理的枝幹

細緻地拼拼拼，周緣有意思

各色貝殼鯨涎海帶海藻海蜇沙蟹

巨型啄沙鳥巴掌大，有一天還見過

垂死的章魚發紫，粉色卵石上
哺乳的海豚海豹海象
遊戲，爭鬥，騰空躍起
不太可能想像我們拙腮笨蹼
卻傲慢地企圖潛水
摸著石頭渡海

排球和陽傘在沙灘上逐浪
不小心碰到你的腳踝，比比
這些過去的過去
可進可退，可防可治
把汗和陽光隨時拼圖，揮揮手
你堅持投射霾霧般有節制的
正能量光弧——
彩虹無聲彈起，浪尖不斷革命
推翻了正在浪裡暗旋著的
另一組推翻：

你能想像此刻月下南方

南極南美南京南通南苑機場

另外一張機票，嗨

乾了，乾了，啟示錄

翩翩翻頁的時刻，我們

安然夢見故里

她出事那天晚上

偽鈔屬於最簡陋

最革命的善意無趣。停工了

停工重複聯合邏輯前後

只喝雞尾酒不上床

行不行？肯定不性嗎？

你早上在網球場上狠狠跌了一跤

過去松枝堆積，四季海棠

滑落窗玻璃，肉粉花瓣團團錦簇

如何在兩腿中間（無償的）

無鈔的現在

拓寬最革命的部分？她問

肯定不行。（革命是有償的）

紅綢色調昂貴，預示著

淫水依然，下一步主義

的主義懂不懂並非

不重要。你覺得他賞心悅目嗎？

所有的雨點都落在陽光屋外。仙人掌

極簡主義的主義或者主義本體裡
開工的人工小哥，送貨自動艇
在山水中最最重要的
豁口進港。杜松子血瑪莉濃豔
血色變黑。我的紅色偽鈔

上一次就骨折了。生活如此
無公無母，裸唇裸手成了
最最重要的主義的主義──
！自主呼吸！
此刻有償自由在二月比在十月
更需要馬提尼[3]出門登高，小丘陵
無山無水處看
失業的網球場上昂貴星球漫撒
白銀花花的自然色調

3　台譯馬丁尼，是一款琴酒與苦艾酒調製的雞尾酒。

在海巨型的部分找

裸泳的人。氣流
已經不記得未來，過去的骨頭
都碎了，水曾經有多涼。男人的肋骨
女人手指骨腳趾骨手腕。易碎
把他們／她們／它們投入絞肉機
投入焚屍爐高質航空燃油火焰
中空爆炸，衛星都找不到
頭骨，腳骨，舌頭驚呼的飛沫
精確制導大規模投入日與夜
投入日與夜，焚燒的武漢
投入海，苦的鹹的死的

無邊無垠，我們載著各種器官
花枝招展地摔下
深藍血瑪莉馬提尼杜松子
二鍋頭紅星燕京青島
五糧液瀘州老窖腐敗的核彈

噴射病毒的彩虹工程
茅臺停不下來就把瓶嘴從
唇邊拿開。手指頭從鍵盤從
字海裡翻弄氣泡，又一個懷疑

為什麼偏偏這個季節
海底回聲深深傳來
用你熟悉的語言？防化部隊
有了，近處不走也走不開的
圍成一桌。病毒披起皇袍，八筒
皇冠威光四射。外面21世紀的
救護車警笛噴薄，裡面白衣天使們
集體塌方，因為護目鏡後，心
肯定是空的，看不清從而也
聽不出你的苦楚。所有感覺一起下沉。

紛紛揚揚，偽鈔紅色革命
魚泥丸蟹黃包陽春麵筍乾菜
鹹菜雪豆二舅母的滷肉。小謝
軟歌綿指聲輕肉膩。戰士倒斃
水濱：你的拳頭呢？手爪牙齒呢？
拄的拐杖呢？鬥雞凸眼呢？氣呀！
熱乾麵糊湯粉豆皮，早飯
塌方！腐敗！不平！又
日與夜向平庸的沙灘宣講
大義初心。偉人當年暢遊湘江

肯定想像不出此時鮮豔陽傘下
花條浴巾裡小心拾起的
裝飾著五瓣白梅的扁圓裸骨──
海膽沙錢按內心需求食肉和
紛紛墜落的零詞碎語

鯨魚大張嘴

海量
肺葉。唱吧
放聲——花在哪兒，姑娘
在哪兒，小夥在哪兒
畢業了，工作找到了
結婚了，生孩子了
和最親愛的拌嘴了
癌症了，沒肉了，沒頭髮了
死了，六歲的骨架咬碎了
鱷魚搖一搖中腰和劍尾
在平坦的陽光下
強烈流淌日常的
淡水心腸

海無公無私
無公無母亦無情無義
嗚嗚嗚

無淚便無海，反之亦然
這個道理向我們
暗示什麼，你能接住嗎？

也罷
哭吧，大聲喘氣有了
在你之後，他們繼續
像雨冷冷墜落
從自己出生的雲裡伸展
永遠無法洗淨的掌心

浮動：海浪，沙灘
嘩哩嘩啦，各式不朽的垃圾
斑駁無助的關聯

開工

嘴是空的
很像我們熟知的果實。掏出
你的那杆衝鋒槍
番茄青椒，長杆橫掃
短棒痛快。舊世界
打個落花流水，一直流往
臘月，正月，二月
在冬天的陽光下

蒸發。人間
月與夜
鯨魚們各自私下
嬌嫩地交換身體。男人女人
都長出未來世界的捲曲
命運有了。左邊的左在
右手了。外邊對外講

乾脆從螢幕上滑下去
像樓上墜下成熟的果實

去交換兒女的
前途。哪有那麼簡單
你不屑地瞥了我一眼，張老闆
蟑老闆夜幕下面
匆匆作業。不能
見人的空隙卻拼命伸手
抱走了所有月光
而暗中最終的海，也許
就是最初的巍峨
塔樓看不見頂。職工宿舍裡

賤貨陪著賤貨，大傢伙
一擁而上，痛快像電影裡或
像微博上發誓的初衷。突突突

短棒長杆水果刀番茄衝鋒槍
突——突——突——

虛晃一病理活檢
深喉擦片，左側
右派起跳，右側
病毒研究者魚躍墜樓
土改，肅反，文革，雙規
大傢伙趕緊跟上走，往前
走，別猶豫
中了，命中了，他就栽下去。

微波背景裡面超級空洞
其至冷點，讓我們上呼吸機
讓我們糊裡糊塗
出去走走。也的確可以讓我們

忘記自己其實能夠選擇
半途更換電梯的命運。

而
氧氣，只剩最後一口
也是空的。

工間休息

天在下雨，車在過
飛機過人過監獄裡的曼德拉過
許多不再記得的過
翻過來調過去，紅袖章
瞧瞧──杏黃路障警示杆
藍色圓錐拖斗白卡車
黃挖掘機黑輪胎一擁而過

天掉下來以前微微一動
讓物理學家凝視沉甸甸的雲朵
如此巨大的空洞很是不尋常
宇宙中存在的類似結構
屈指可數。而且，罕見的空洞與冷點
能記得我現在的焦慮，電梯密閉

屏住氣，從而思想休息。SCE工裝
海浪硬殼帽。煎餅烙餅

蔥油餡餅。天拉起鐵灰大幕
豆芽甜蘿蔔三明治轟鳴
砸在美國聲音臺灣富士康之上
──本身非常罕見──重疊的
似乎並不僅僅是畫面

復工了，山西湖北廣東
二十九個省土話
白卡車黑輪胎綠工裝窗玻璃上
藍天為你們的雲勾出漂亮的
花邊。修理地球修理孩子
熟背標語，高舉旗幟，短髮

修理得更黑，紅的左的右。別忘了
「先有奠基者，後來投機人」。
等等類似的結構，前人種樹，後人

不餓。雲彎下腰抓住海

海翻出浪花，而沒有選擇走過

S先生認為

空洞導致了冷點的事實
在末日的大火中格外放大
計算的結果——
30分鐘能走過仙人掌叢林，卻
難以繞行一叢名叫魔鬼狼牙棒的
美麗灌木。太陽雨
頂花帶刺旅人腳步匆匆

轟鳴突突突突，我們夢想
成真：大型運輸機突圍成功
殺呀衝啊，把遊船舷窗
空洞冷點形成的
感染概率留在身後
紅彤彤果實與狼瘡和紅斑
三者剛好及時呈現，低燒乾咳
肺裡有水！黑莓最初的浪漫
肆意澆灌我們，沒頂

手掌高舉，紋理縱橫，公然亮出
很多條歧義的腿，長腿靚腿
肉腿軟腿肥嫩的油炸雞腿
你的最愛，弄潮海鷗的乾腿
（吃起來像雞還是像魚？）
因為它們吃魚也吃垃圾，不比
天邊冬日黃昏裡成群的烏鴉

那樣的害鳥，魔鬼附體
飛來這邊啄莓子啄我們的心肝
飛來S先生尖著嗓子
哇哇哇，吃垃圾，吃果實
吃垃圾，吃果實，我們的
魚不見了，我們的
人不見了，我們的人
也吃魚籽[4]，黑莓和魔鬼的

---

[4] 即魚卵。

果實魚籽堆在銀盤上多像

酒神指間的葡萄

佛祖頭上的髮髻。挖地，

此海無垠，此情無垠

空洞無垠，空話無垠

「我這麼做，只是為自己的兒女」

這樣的害鳥飛來這邊

飛來二月，擴音棒叢林的邊緣

顯微放大三千倍：

魔鬼狼牙，頂著皇冠

兩條裸腿正在發布新聞

S先生無垠──肚腩袒露

海填不滿，謊話，魚籽，果實，垃圾

髮髻，紫葡萄，我們的兒女

所有未來太陽雨與虹

這日子這天兒註定

魔鬼狼牙棒是種美麗的灌木
是太陽雨，或液體陽光在西部
沼澤溝渠旁邊的夢想——
春天噴放的團團雪花，夏日
蒲扇大手把蔥綠的葉面
掌上掌下繡得
針刺茫茫，肥厚結實得以托起
秋收的彤彤果實錦簇
多像佛祖和善的髮髻。我們爬上山坡
滴答答答答滴
吹響你表情不透明的
止步紅標，心裡十分想替
圍觀網眾分憂。左轉吧，右轉
去哪裡，再換一個字眼
醫療器械建築器械
怎麼全部會與今天明天的
病死率，雨後坑坑窪窪的

石板路能否出現

摩西眼裡映出寶石般的

天藍，領取上聖的戒訓

航海器械合同工教書匠的

天此刻能否放晴，空氣清爽

而潮潤在我們前面升起

一團確定而誘人的神秘

霢霢相連？更前面的

走進去了嗎？在大葉楓下聽

以前的雨滴從檀木從冷杉

伸展千隻手臂，萬片裸掌

點點下落，落進更多的雨

落進更深的迷茫。垂淚

她們沒有護目鏡，沒有衛生巾

沒有合格的防護服，鞋套

連頭髮也沒有

肚子空空。犧牲的

獻上別人的神壇，好比

水的果實掉進

更下面的水裡，賤貨

她們的名字叫魔鬼狼牙棒

性別：女，掏，往裡掏

把腦子裡掏空，紅彤彤

奉獻給陰天，這日子天註定，所以

身體出虛汗冷汗

會晴，會陰，天會陰

不然去會什麼？看見了嗎？

陰被一道陽光

推開，這回天是真亮了

亮度高於GALAXYS7

手機屏上的水氣泡，連接到雲中

不靠譜的密林。閉上眼睛

她們也能靠感覺

（不光是浪漫的那種）洞開

水氣鑽過陰冷的

裂縫，服貼地沿著皮膚流動

依賴蒼天落下眼淚

的形式。看見了嗎？你的

那個私密計畫

顧了前針顧不了後果，還

被他們踩上一腳。讓

她們肢體分離

職業暴露，一次分葉

兩層複葉，三級再發──

魔鬼狼牙與周圍嬌小的

淑女蕨們親親相擁？

還是雪在二月提前抵達

極樂世界，再模擬天女散花？

凍雨中的武漢

寬街長胡同的北京？

這天兒

這日子

難說

這些你都看見了吧！

人日鬼日

田日鳥日你日我日狗日
的日不是日了
夜的相反不是
節操和光明也不是天鵝
羽毛一樣輕柔，還有一樹
愛党愛國愛民族沿街叫賣
犧牲他人閃光的碎葉
孵育出小市民自負的泥

鬼頭上無角卻閃著
可怕的冠狀亮度
不算底層不算弱勢
能戴得起口罩的犧牲不算
屬鬼不弱勢，女屬鬼更加
亞洲最強！趙家的狗叫不止
對著黃昏裡疾飛的暗色海鳥

貼近烏鴉隨機一串嘰呱
來分散人們的視線

身體有了落地的聲音
刺刀一進一出看
你眨一眨眼睛倒下
身體吐納星雲。車輪下
空洞的街心
埋伏的水管
實在太多

卵蛋掏空後
不再是熟悉的田園
哪怕植的耕的依稀可辨
繼續前行成為
愛與不愛，國已不國
龍與鳳的節操問題，以及

人與鬼靈魂政治問題。而你
端坐中宮，並不在乎
腳躄下

踩了誰的脖子
又令誰的人情味
缺氧，嘴一張一合
逃離靈魂
真真假假針尖大小，鬼日裡
符水噴出
喜劇重演，令鬼口難辨
海底女厲鬼是否安然
亦或也早已
人間感染？

氧分 2.5 pm

多元社會總得比他出生的時候
多點什麼，比如重複
在聖水盆裡洗滌各種驚險
一百零一遍女人哀痛大叫的子宮
救護車響得驚心動魄
這個儀式的部分邏輯和今天那隻
一頭撞到玻璃窗的鳥
脖子圍素色絨毛，哦，還是隻幼鳥
眼睛一睜一閉，嘴喙一張一合
是否有種神秘關係？怎麼能由你
在掌心裡預先算准小島遠方
的船翻著跟頭雲
越走越漂，星期四

書沒有記憶。這也就是為什麼
你的祈禱永不復返。要不要送醫院
無名被害者還有他們／她們的家屬

為了什麼什麼主義什麼什麼

信念什麼什麼利害，你到底要飛向

哪一刻歲歲綿綿？這隻雛鳥

來歷不明，沒有了名字誰還記得

責任烏黑的羽毛小時候的

樣子？雨燕黃昏時分

掠過長安街巷，年輕父親飛馳著

一手提多層搪瓷⁵飯盒

一手握把，護航自行車後座上

素色女孩歡樂地擁有滾滾麥浪

拾麥穗跟上路隊隨大流

上呼吸機。來，到我這裡暖暖

日子走遠了，有氧氣

累了淚了，到我這裡息息暖暖

掌中黑眼小鳥白眼圈

5　舊稱琺瑯，是無機玻璃熔鑄後，與金屬堅固結合的一種複合材料。

無望地看我，疼痛

無聲地叫著站起來。頓時

四周林子裡鳴聲驟起

鳥們都認識牠，有些過分的

噪呱？有什麼能洗乾淨

牠們身上的危險？畢竟

是野物？用氧氣

用塵土，用消毒液

這些儀式：戴口罩

手套，眼鏡，和鞋套。用

這些儀式多元地

為生命增加氧分，疏通

支氣管，再分流重症監護

撲騰一躍，我的聖鳥不見了。

笑彎彎一月

海懷著你，浪推著你
縱深處魚群
吻你吃你哄著你
肯定比太陽點擊率高？你
燦燦銀髮素色錦旗如雲
其實對不起你。在水一方
斗母娘娘善於
在沒有海的地方為了
海的氣味看山
還第一次看見我，是否也
看見了腦海內部的北斗七星？
滇池綠水推波翻轉太極
黑與白的龍球。一月北海
我們踏雪繞湖尋覓著名的影壁
卻分辯不清她給我們的留影
銀光下赤條條曠宇裸舞

星光震盪在你八隻手掌上誕生
鐘鼓樂之嗩吶高腔只有
青山高，臘梅壯，血肉奉獻
海越冷，山越堅韌
精神越喊得出口。誰想到
曠野深處時間驟停
從那裡走來兩個小矮人
髮式高聳髮蠟拋光泛青
哇哩哇啦採檳榔竹筍夢裡最美麗
語言敲鑼爬高山的
廣東小姐的原住民的
西班牙話的。路不平校歌，你
還會唱嗎？駙馬和阿里山姑娘
哇哩哇啦最漂亮
直到永遠遭遇好花難開
難得採檳榔採回野薑花夜來香
醉美麗最終場的月和其他

在哪裡？愛情的喀秋莎

給姑娘和西班牙，災荒之中

你懷著我，而我遲遲不願

出生。殘廢青山永遠忘懷

後來者一段情。你相信疫海航行

總有燈塔，總漂亮得

難得一遇，二月的星，二月的夜

海的。無悔無怨

況且美麗忠誠微笑著

血肉奉獻，斗母，你

八隻觸手同時操持

可有一絲閒情流下

此刻腦海上

顫顫的月影

面目已經偏斜。

北極光喪失

克拉瑪依以北的
那個浪漫洪水人禍
軟軟地落下中國村落
但北極光並不是中國北方的

姑娘坦蕩蕩裸出閣
看不見刺刀上膛，膜拜新神
子彈星星火花飛濺，難道她們
除了生兒育女，形而上才得以

活下去好似春天波斯菊
成為肥田用的覆蓋植被，白的
粉紅的紫色的軟軟綻放。浪漫
旅行的仲介講的一定是洪水

女人單身，假合同假胸
證明一道北極星光自由閃爍難得

實地混戰消費了一段真情，從而不肯
在你鏟平的田裡只種植單一

一把鑰匙，不做中國孩子丟下的
鑰匙。肥田從北極到波斯
抵押春天非物質遺產──鼠首甲子凶年
眼中銀光甘願從良，還清了南方父輩的

浪跡，一道光裏挾這條潛龍可能欺騙
訪客洪水漫過房梁去消費你，不能
肥了外人？波斯國朱雀顯翼
伸展，肥田遺產甘願幫姑娘們贖身

索取，按規定這種能力
購進波斯菊用作購屋投資，連
屋頂烏鴉也可用來聚財兼聚光，說得費力
其實克拉瑪依裙子長辮子也長。那裡

領導感染了孩子，圈圈了波斯菊、駿馬
和孩子他爹他媽，都是些胡桃葡萄杏仁
中國仁。「苦難一直
是我的主題」（楊顯惠說）。

以上段子講的不是英雄，也不屬於
一個鼠首兔尾的故事。

老楊牧場上堆出的雪

雅典碧藍的天比誰誰誰的臉
和這只撞到我窗前的鳥
癮症主題的自我
這楊不是那楊嘩拉拉地響
二月的枯葉說笑不笑
哭著鼓掌讓人更看不清
遠處前浪推操後浪的文明海灘

地中海尼羅河愛琴海還有
長江和黃河白令海峽看不見頭的
藍血銅質，青蟹秋刀魚
波斯菊冷杉松塔遍地開花
自我的時間給了需要
輸羊羔血的現實。她爹她媽
先給她一頭羊，再給她燒羊肉
因為住在豪宅裡的奴隸們
起不來。為電子簽名法為自然國

為法制的主權送去一碗又一碗
溫暖、希望、疲倦和憤怒

擠出來融雪的冰凌，和我們的
黃河中國仁嘹亮的主題，這一段
羊肉情必須吃，哪能不領情狼的
秘密行會，由羊毛党人對文明貢獻
積極地批評老楊。吃吧，魚目比
珍珠，水妞比水牛必須吃
羊肉！別問了，只有我們知道
自己的行情。形而上而再上
造反有色更有理。理不清的冤情
把雪堆成老楊牧場上
碧藍的邏輯。

音樂響起

水是那個平靜的早晨。在
不能思想的地方彈撥西廂
磨亮佩劍又再次聞雞習武。萎靡咖啡
起不來也不管,過濾飲水多喝
也不管。白鶴晾翅偷生於
對唯一世界的觀察──
所謂悠閒從而遠離水濱船塢。不問了

沒有船體如何打造歌劇,處理
錢主任和羊毛党攜手航行魚腹
游走以後,音符漆黑如流
如何沖淡此時樹與樹
葉與葉間苦澀的四重奏。此時
冬至,而滯留早春的我們
在鵝毛雪裡遊弋,努力注入忘卻
「兩年來我已經盡力」,奮鬥的
各個時態,在你的字典裡

同樣反覆雲手。下一句
拖進「冰層下的深水區」，手揮琵琶

在79歲之後她學會左右攬雀尾
同樣不失深思與靈動
揉入了北方剛性音質
管風琴氣喘，不一樣的吉他
捺、帶、攦，開拓比漆黑還厚的
北海石油。冰層下不會是
偶然的女高音詰問──
「人都有一死，為什麼
要我活得這麼痛苦？」
老來必辱可是一種自我判別，還是
漸進漸強的氣場彩排
九天斗母真身凸顯，而你剛剛發現
早晨外圍的天水竟然也
如封似閉？

老周不是壞人

老雷

也不是，老陸小胡呢？

老希呢？小習呢？老鄧

駕鶴西行半路不得不鋒利地掉進

驕傲的宇宙世紀，讓我們

在海裡迷失，進化

不出四腳，即使冰面解凍

也爬不出的泥潭，越陷越深。尚方寶劍

入鞘，而佩戴的古羅馬

頭盔漏水，他必須馬上返回

宇航艙，一口四川話迷失了漢語

猶如捷克人雅納切克迷失於歌劇

裡面狐狸小臉通紅，扮相十分可愛，但

避開孩子們的手，就像我避開

她的話，西行，西行。絕望中

捕住萎靡咖啡裡一條活鮮的魚

眼淚沖淡沒有？鵝毛鶴羽不是
義大利建築師，不是日本工程師，不是
蝙蝠的機械臂微微顫抖
配合思念完整版那樣入情
走出雨的味道。官方整頓了
飛鳥與觀潮，棲息著魚乖乖
依法，藍的天也不是
藍的海，飛船呢？碎片呢？

猶豫的翅膀不屬於你或者我：
她破浪撒手時，我們正在爬西山
氣喘吁吁，輾轉水床依然無法入睡
因為換消毒過濾網之後魚兒活鮮，顯得
太空艙太擠，你覺不覺得
北京太大，四千萬太多，14億
不嫌少。針黹女紅小妮子
依舊懷春，細看山西普救寺壁畫上

蕩漾波浪魚藍和心動，雖然

碎片化過程以及上游輪的

文件自動被系統刪除，不是

由於老雷，老周，小習家養的

秉性。可恨妄想恢復運作，讓突然

的疫情剪刀樣喀嚓一聲鳴放

使樓道對過被封門的鄧老頭

提前跳樓自絕，雖然

新年那天（！）

你剛好在樓梯上巧遇小張

二月鶯鶯空撒下

情思情縷

滿樹碎片，三月的狐仙閒話。

六月裡流火

肉眼能看到的都在跑，就像天主地獄裡
都在叫，是血，是岩漿龍口
河心流火，河畔漂火——
第一反應「趕快跑」。因為
著泳裝，大面積燒燙傷
血腳印。海依然記得自己從
從一個元素開始，一個燦爛的微藍
起身，逐漸入圍
陽傘左側斜，右側斜，轉身

從正面大膽給阿波羅大神
噴撒出最後一發七彩粉末彈。舞臺
前方赫然迸出大片火光熊熊
鋪天蓋氣，一個元素迅速席捲
乘涼民眾，瞬間彈跳出
聲光效應，沒想到大神真正重生

火海中畫面驚悚。玉米
大量粉塵搖滾疑似他額上紅暈

我們拼命往後逃命。往後往後往後
鋁粉、鎂粉、煤灰、麥芒、澱粉、飼料
血粉、魚粉、棉花、煙末、紙粉、
木渣、塑膠渣、染料顆粒
微細、平凡、像我們無辜地無所不在
進而以適當的危險濃度懸浮
形成粉塵雲。明火源或者
摩擦或者熱，運營在天，比如
六月。意義並不在於
突破觀念，雙重還是三重信仰

海，一滴
火，一擦
最最基本的元素

足夠亮，舞臺上

大神吐舌狂吻

一臉無辜

七月這一觀念

幾度重提幾度夭折
記憶中遠方家鄉這次能夠
如此美麗進一大步。散落在
上千朵聆聽的醉魚草香花統籌集簇
來吧，甜蜜為茹果，成熟開裂，種子
隨即散落：來吧來吧來吧，生命

藍色港灣停泊著綠色的湖　再難也
來吧來吧，非常富態或福態
再難也要突破禁運，隔離，反美宣傳。來吧
儘管將來必定投入我的懷抱，卻只想現在
好好愛你。來吧。雖然明明知道
七月也會有黑雲，還有其他七彩。

七月的愛。七月的懷。你我
七月的女孩。她旋身而香氣流轉
身體寬裕轉型：粉碎性透明性治癒性

病情根子動搖，七月感激先行者
深深回望，過低估值，因為有小毒
所以機會必須從高處釋放。人們叫風

機會，鷹叫黑雲
自由，醉魚草叫生根率
家：乾燥喜陽觸底而發
玄參科的一個什麼
草藥配方，在這裡。而種子吹往彼岸
從而讓女孩無視風險，所以，勇敢
並不是七月的觀念。

有羞就倒在街頭

上帝倒在八月的街頭

滾下臺階，膝前一只空碗

再喝兩瓶就不再記得，自己

已經有七十八億孩子，其中八億

正在饑餓，一萬萬染病，卻又懷上

一只空碗，裡面放什麼合適？

趕快趕快，不然長不大了

也長不好，預防針沒用，空流汗

這棵遮陽樹不結棗。謊花的說法

他們當然知道。您倒在街頭

一樣睡得好嗎？黃粱夢裡

雲是面白的，還是肉紅？我們現在

討論倫理還是神學？問題沉重

如山，好比有了空碗，就會有人

敲著邊鼓在街畔打鑼。運足底氣

驚動天堂塌下來，沉入海底。喝吧
碗喝高了自己
把您比下去，餓得心慌

把死騙了，水騙了

當然那裡的海統統不算

因為統統承受負壓，因為本體

神龜背上未占的卜

無論水，火，土

生（出聲的聲，不是身受的身）

騙上車，騙上馬，現在你騙上人

騎脖子拉稀術反覆實施

已經很地道，也

騙了生，騙了

死都騙了金騙了銀騙了

騙不了種種的負面和

十四億人的熱乾麵。

番茄熟了，冷杉搖頭

入秋之後小蔥的風

一定就是歐菲俄斯計劃

騙走尤麗蒂絲的歌聲。陽光的背面

七弦琴如訴如傾，心聲道情
是書面語還是口頭語？

上路吧，既然我們聽不清
風領走了樹，樹領走了
野獸，野獸領走了
愛人，金髮的歐菲俄斯
領走了陰曹地府的雨，血，已經
疼痛死去的太陽。他們未生的
女兒呢，叫什麼名字？
八百年，還是五千金，九月
馬上就要被騙上去了。

所有落葉都是肥料

過去的事情你可以不同意

入秋之後，小蔥指尖泛黃，這樣

解析，就能這樣開始預報一只空碗

已經明明坐在街上了。喊什麼，你有什麼

資格？就是這個腔調，蓮指放鬆

青衣的譯者已經過世，細碎地行走，看起來

在飄，額髮宛如黑雲不情願被裁剪成

小彎或大彎，貼上粉腮，變成紅暈

變成她自己也不願擁抱的想像。花語太重

頭頂多添一瓣塑膠翡翠，顫巍巍

壓斷花枝。領銜與各扮角色矛盾的種子

從開始就早已埋入犁溝。光合作用

的度，根的度，土質，水平。讓入秋

風雨，把劇情裡花冠洗淨

風乾，百花園地也吹得嘩嘩

細碎。裙裾下藏也藏不住

絲絹粉鞋汙穢的首尾。落英落馬

現在，只需一聲吊嗓
就能把饑荒唱成
節儉的飲料、愛慕和肥。

紅蜻蜓安魂曲

1

在不能工作的夢域工作
在不容思想的瞬間思想——

深夜，雨停後，貓頭鷹
在雨林裡高叫，Who, Who, Who cook for you?
喔喔，嗚嗚，唔唔，無無，Woo Woo
www，掌中千萬點閃爍，網上無眠
疫情和寫意一樣啟動他對我們
對這唯一世界的觀察。幕後的
敏感違憲怎麼在歷次湧動中
彩排，模擬，塗脂抹粉
畫眉再進一步畫皮，過煙又過火的軀體
卻並不僅僅走過場，真身現世一代人
就大紅大紫款款還徙去了前臺。

前臺。海岸黑背鷗振臂
背著太陽朝我們飛翔，彷彿
傳說中九隻烏鴉中箭墜落：
當一個男人午夜尖銳
當一個男人午夜困頓
當自我從業兼從良到了
一定段數，紅金魚對漁夫的承諾
脫離了地下瓶頸的口水背景
進入公眾的眼睛，再流出民間海水
環繞藝術孤島。當黑背鷗翅膀像這首詩
朝海一面反射海藍，卻並不是海
或搖身為海，或為海濱民居拉旅遊廣告
也不情願參與龜殼占卜遊戲
因為中文與海龜關係曖昧。

關係：樓上的女人
午夜起來卵被擊碎嗎？就去

搬家具，把椅子桌子拉來拉去
把流行的海藻趕走，成人版裡
秀髮金紅，一下子就走進雨的味道──
長翅膀的景泰藍四季花鳥瓶
飛出波斯藍水床上的肉搏，水龍頭
充血曾多次深長地湧動，阻塞
北方的險要豁口，或激起赤道附近
火烈鳥狂舞忘情。你遠遠
看著她的眼神，順便看著落日
把她一口吞掉，剎那間
把那裡所有的遲疑
擊碎於審美地平線金黃的外沿。

擊碎。溶溶月色身下
碾壓著紙上的唐宋野史
十二個初夜，寧有種乎？
帝王將相寧有詩乎？素巾書生

「小的，乾淨的，自由的」前朝

醜小鴨剛剛上過早課，「清清爽爽」

抖擻一身偶然的水花

一個女人和一個男人

在一個偶然的早晨，一腳深

一腳淺，二月大雪裡去

市政廳登記。那麼現在

你們的離休證和遺囑羽翅金紅

從20／21樓飛落，羽翅平展

在故紙堆中，最後掙扎著

向我們傾述，其中

古姓翻身，一行行墨語像

一層層細浪，在漏水的沙灘上演繹

趙宋，李唐，楊隋

劉漢，再早嬴秦，羅馬共和

2

天性不服軟。擁擠空間必然
製造了14億大大小小的皇帝
各自心目中有女神為你驕傲，好樣的
母親微笑並全力以赴。八隻手臂
梳理著八條天藍的髮髻，鹹海中央
金紅而滿足的魚兒，九天七斗通明
魚目閃爍，而此刻盤上吃剩的水果
創作出象形文字一定有
香、軟、酸、嘎嘣脆的偶然

搬椅子搬桌子網上簽名
樂譜拍賣籌錢，因為她並沒有
你的風火輪金箍棒，有樓
可以往下飛落。三月的曠野上
鋼琴曲滾動，在離小亞細亞不遠的
暗空，向我傾述著什麼：顆石藻

沉積的古河畔，火車長蛇般遊出
戈壁灘中間寫著一個族名的
集中營，我們反覆預演末日的
最後樂章還是冠狀病毒
指數的爬行？蘇門答臘猩猩
金紅長臂緊緊摟住最後一棵
直立的樹？煙灰沖天，火源不明

而智人是我們的朋友和鄰居，這幾天
正精緻地謀殺他家與我家
相隔的那些檀木冷杉。好樣的
健康壯仔讓我每一行詩
都在他的電鋸下流出透明的黏液，體驗
徒手拔除的滿口鮮血。口罩蒙面，恩愛
頂上鼻尖，誰知道誰是誰？統帥或者
外來的和尚腿挺立，我的王。詩
最後就這樣痛楚地發生了

一格一格，一棵一棵
長出它的嫩芽。三月的

春意溶入水墨文化，自然
風化也是偶然的考慮。李白
也成心醉過幾次了。月下這些枝條上
結的青檸檬，有點血腥也有些溶入
但可以肯定還是酸的。胸脯寬厚的海
自然可以傲慢不拘，任浮游的
思念細小，活藻粒惡性擴散──

「我很健康，也很樂觀」。而我們
垂首垂肩，間隔六尺，談著如何整修窗外的
破舊陽臺。唉，只能如此。因為沒人能確信
蕭邦的夜曲能否為我們樹立肺部無染的
新符號或者命運。那就請
隨手點燃心中

春燭，要活下去的詩念，為你們
逝去的精神，缺氧的遊魂而寫
偶然的雲
偶然的紅蜻蜓。

3

七斗明星嗎？斗母，今天三八節
也是你的生日。我們一同學習
如何與成年男子徒手格鬥
掰拇指，摵關節，用臀部的爆發力
翻身，踢他腿叉，手肘猛擊
下巴。被牢牢掐住脖子時，更要
記得雙臂用槓杆原理加雙腿剪刀差
將他推倒。熱唇抑或冷兵器混用有沒有
未來是另外的考慮。此刻我們

羽毛金紅，激動得不知如何
運用新招術向最新的愛侶
示愛，如果你就是他台下
暗地裡下一個輪回的分身。那渾身
白光、毫毛，肉裡上躥下跳的
刺，雞蛋裡的左派和
明天必爛的涼拌，海蜇、酸乳酪
富含三聚氰胺，磷酸奎寧，羥奎寧
家郡什麼的解藥，雙黃連或者
連花清瘟。這場戲的慢板拍在
案頭寂靜且漫長，以及你我心裡
不曾被窺探到，卻已經潛入某種存在

與表面的聯繫。浪撲向信仰
而礁石雖然沒有可能於年底結果
卻白亮亮地耀眼。海，這位藍教授
前後踱步，神采搖曳，與波動的三角鋼琴

比美，挑釁。第一名運用物理概念
由絲綢和皮毛聞出你早已忘記
最初的相信和奶油味的
星期一。武器未利，武器未利
你心裡急得高呼，而瘴氣明擺著
在沒有好水的岸畔

嬉戲。走吧，一腳陷進流沙
依然蹣跚學步，海
傾斜，倒灌進地下室，而死
對我們這個年齡段的同學還只是
一種說法，夢裡一股春風
呼嘯。三月裡芝麻開花，我們不忍離去
因為年輕木匠抱著木頭摸著星相
嚼著嫩葉，想像不出某種藍色
為什麼一到夜晚就會
死得其所。斗母如何調遣

繁星怎麼轉換

金紅魚鱗和魚目的光潤

還能疊搭起什麼樣蹊蹺的燈塔，還有

壯仔把邊界線上最後那棵桄樹

砍倒後，會不會進一步占領家園

領導我們農耕、天天與我做愛

多生娃娃，打井或拆遷，或帶領

我們出征金星

去尋找新的水源？

4

推翻強加在我脖子上

這有違天意的，卻類似木匠

要劈開木紋的必須，因為

海濤過後「你到底害怕什麼？」

疑難眨星眼，恐懼需要進一步解釋

你從夢中得到什麼？海星斗母
迷霧中揮舞著猩紅色利器

難道只為用章魚的八隻觸手去否定
遵守熱力學第二定律？到底是
崔鶯鶯還是小紅在隔壁金紅錦被裡
熱烈地愛過？主人還是僕人
應該感恩或者收監拷問
對生命服不服軟的態度？而我們
把死對夜色降臨，把星空的深藍
投射在你已經平躺了兩年的窄床上
「我還能好嗎？」紫色瞳仁
炯炯，怕就怕到底吧，只有你
不由我思想，手領著我向海岸飛奔。

我們蹈海，星光下，額頭閃光，呼啦！

拼命的，在我們的歷史教科書裡
總打過高超的，小米加步槍
心理戰格鬥徒手徒腦
中國功夫總打過乳酪麵包端出的
西方概念。功夫在腿上，而心裡
到底也走不出中國星象迷離。西方眾神
只出現於日夢和夜遊
唯有中國黃昏，漸近又同時漸遠
在一個日落以後，夜幕未降時
終於紫氣吐納順暢，讓我看見你
忽然起身，清爽無恙，面頰泛紅

而且通體透明。貓眼瞳孔裡
今夕何年？未來雨季裡風的
呼嘯，麵包和乳酪的供給，能否追上
病毒隔離中沉默的巧木匠？他摸著夢——
芝麻開花，芝麻開花

摸著海，摸著井口，摸著好水
和好女人的胸脯。然後我們
騎車在昏暗路燈下蜂擁出發
去夜晚，只記得星星眨眼了，什麼都
可能，也不顧白天鋸倒楓樹的汁液
是猩紅還是金紅，營地凌亂，
水點點，血點點
天卻整潔如常，除了灰就是藍。

5
中國功夫呼嘯而至，不信你看
城管腳踏沈老太桔筐
矯健的架勢。這其實不算什麼
每天半真半假我們編譯密碼，記下
這唯一生命過程裡日常的掙扎，比如：

那些來自大陸令人討厭的婦女出海
身載唯一屬於自己的籌碼
為了兒女，為自由的海風
被他們摸著摸著站起來
中國母親臉紅如血
她的羞恥把東海染成赤潮
金紅珊瑚、金紅三月的煙花
在這個其實並不浪漫的島國四處招搖

大詞匯漲落海岸線，浪的
花紋不曾啟迪我們身為奴才的智慧：
討厭的大陸婦女出海
出賣唯一可能的一處把握
別的部位都已被霸占，小學課本，童年
的歌，刷臉，刷思想，大資料
光海上所有透明的浪花。只有
這可以把握的羞恥才能

贖回兒女的未來，小小的光潔的
依然自由的額，捧在母親手裡
哪怕母親的超高跟折斷，鞋提不起來，她
淚跡浪痕，她被眾人無端踩在
腳下，碾成碎骨碎骰，這捧
浪蕩精心淘出的海濱金沙

正離我遠去。斗母，為了你的屈辱
請接受我們鞠躬禮和蘋果，以及
感激的話語。錦繡旌旗漲落
中華母親不要臉嗎？強姦
一個小紅不算什麼
新項目。統帥批閱刪改橫掃山林
風不止，虎長嘯，武松
都已逼上梁山，你還能拒絕什麼？
輪姦那十四億，都不在話下
大詞漲潮小詞落紅，有種的

中華兒女不要再次穿越
樓上反覆走動，來世的現世的
陰謀陽謀運動計畫，特工隊，國安部
中華兒女：小張小紅小崔小劉小李子
王奴才。鞋提不起來，所以更想要

滴血成金。四月春枕緻密地思念
溫飽以後的地震，或者
燈下傳染性病無為而治
心往海域，水深徹夜如墨
如眠床更寬更緻密，更大維度上
天塌、地陷，讓感官的浪
溫柔地模擬世界，也許
日出之後，我們也會生出
浸染金紅印記的
失落感？回憶流氓加英雄
去過的二月，我們

大把荒廢在私密聊吧

謊言夢想外加現代頹廢。是的

我們的確過上了

和父母不一樣的日子，籠子裡

更加擁擠所以逼仄⁶的日子

6

經驗中，自由未成人就初升了

每天不一樣的太陽。更加

不一樣的月亮此刻照著你

仔細學習寵物和奴才的區別

就在於酒飽之後是否提起

以往的水和火，二月春夢和

曾經大無畏伸長脖子的光榮。還好

老日子也被月亮照亮，中國的

月亮照著中國的流氓和中國的

6　逼仄：狹窄的意思。

長脖。現代派意念忍不住
抖下燃盡的煙灰。

窗外照得發亮的是更寬的海
神秘浪峰上面更亮的天堂。安息吧
我們在這個時候還會爭論
光到底來自太陽還是月亮嗎？
魚在田，利見大人，吉。
車在街，群同志異首，滿不在乎
黨居中，人居下，凶
秘密圖紙、高德地圖、山經海經，易
你上三柱香，鮮花燈明歡門，le stelle
E lucevan le stelle　生命
la vita　今夜星光燦爛，所以生活
秘密行賄，佛前行禮，卻什麼都
沒有滿意，什麼花，什麼果
什麼骨頭？你們？在哪兒？不易

在前面等待我們

一定有屬於未來的星

款款跳著施特勞斯的春之聲

蹦恰恰，蹦恰恰

降落星海的一瞬，天鵝曲頸環顧

揮翅也揮霍18歲成年的

秘密，年輕生命試探地遊弋

只憑自由一個信條

所以，所以在這自由的一刻，未來

等我們吟唱不完美的春之聲

附加種種即興又來歷不明的

裝飾音，所以星光永久

所以星光永久

燦爛，即使我們老了，此時

已經成為過去，流氓加英雄

二月裡來

雪花開，拖著鐵鍊，唱著歌

蹈海，春之自由，摔袖，跺腳
吼吼。金紅大吉
每天太陽升，因為我們會再次被原諒

7

行賄。跳樓。乾杯
你不乾不行。晚半拍還是
搶半拍。晚－搶，搶－搶－晚，你
懂不懂：8/16，4/4，4/8
升#升#降b降b，ABCDEFG
宮商角徵羽，半音華彩裝飾
跳樓吧，你沒本事跟上我的調
一巴掌掃過下午四點的空街
看總統緊急新聞發布
我說第一天就是第一天

這可是以前沒有的事兒，別聽

鏘鏘起鏘鏘。典型的中國式搖滾

你懂不懂，風，風雅頌的風

風格的風，不是國家機器

疫情宣傳或者黨魁指示，抑或

跟風的風。浪漫的浴水漂洗出

肥皂味茉莉花無形式的輕

今天四點你過來玩吧，空街

好騎行，已經暗下去，過了節的

早春二月。自家人除了口罩無需

遮掩。搶灘撤離時刻一拍拖慢

調和晚風，讓我們就這樣

手挽手在黃昏金紅的紋理中走遠

我確定你有實力攢著一把

與你般配的草芒，燕子雙雙

雲海夜航。哪來的那麼多

凍雨，那麼多懷疑？

看我們終於相擁著翻過第一山

自行車晚風疫中行

很自我嗎？當然，也很自然

如此音樂，如此星光燦爛，貴妃與吾皇

所以所以就雲海雨霧穿越

夜色。不標準的果實

真甜，真正流汗，真正風格。然而

夜的綠手左攬再右攬藍燕子的尾羽

雲的自我就那麼從來沒有能力

把雲彩吹得又肥又軟，又亮。我們大笑

在二月就如此把基因秘密

揭露成病毒，青出於三月

滋生出藍的三月，在全世界流行

強盜和英雄風格：

「多數人還是善良的」

換一種說法，凡善良的都
必死，而你的微笑
擺上我書桌，從而永恆
和我一起去密集的
樹林裡走走吧，晚風相隨形影
雙雙，吹向星光空闊的深處

那時候我們對未來的預言
是不是此刻彼此相恃的
雙人衝浪遊戲？或者遲疑的藉口
浪漫要甜要軟，更要輕便簡裝
易讀易懂，彼此取暖，因為過去時的
隱喻或者綿綿敘述本身都比不上
時光深處你彩條羊毛圍脖
鮮豔大氣，溫熱盈握。牽著
我的手，路燈下你領我走過東城。

8

九盡櫻花開。捍衛生命參差不齊

繁複而隨風飄香的純粹法則。花語花緣

實況帝國千年重新之禧

灰色太陽滑落，流下點點血紅

像你的神靈忽現，一隻紅蜻蜓讓我面前的黃昏

如此異樣：疆土，還有都市即興而明朗

純粹深度熾熱，白草泱泱

灰色背景下，純粹童車，扶行器，自行車

它們之間規範的社交距離，櫻瓣

五幡，搜索掌中易軟易碎的粉紅

不得。你離開之後，花也去了

附體的也許只是蟲媒的飛蠅

所以不要聽信這些平時也穿著戲裝的

灰衣族。電視節目外面西藏不是你的
臺灣也不是。這個孩子的母親不是

你疆土的臥底，饒舌的都市廣場
種種霓虹門臉都不是你：酒幌廣告
LED商城模特櫥窗飯店飯店飯店咖啡館
咖啡館樂器鋪和唯一的小小書店
24小時運營，兢兢業業

霧中行走——T Mobile，AT&T，聯通
宛若永遠的嗩吶嗚哩哇啦
穿越絲路，卻同時懷疑
這一切後面的商機會不會驚醒
春眠與股市
　　　　夜色之中已瓣瓣凋零——請安息吧！

9

電影裡，我們同情被忘記，被長夜
裹在外面的人和狗。鄰里伐異
自然法人，珍珠耳環便當盒，也許凶凶
也許對倒，咖啡館樂器鋪，那麼浪漫
那麼多音樂，那麼多隱喻
還都年輕嗎？情愛半成品也許
更適合她服飾鮮豔。情愛春天裡播種
讓貓叫春。勞倫斯。倒春寒
擋也擋不住花樣年華

水植蘭花體現清儉景象，也許黃老即興
也許倒閉道家與未知世界對答
旁白裡她微動的眼神。不能證明也
難以分辨男女溫差。一支菌苗空中飄忽
彩排下次隱喻的暗影，也許沒有
也許句號。以正義的方式，我來幫你謄寫

以海的方式拍岸千年，秦王望月乞仙人壽
長噓短歎。東瀛好不好還給曾經的雪夜

而你的脾氣誰也拗不過。劍魚
刺傷蝴蝶，不屬於我們每個人都有的
經驗。也許生，而不僅僅
亡靈翅膀鋪展：今夜你不想回家
濤湧。桅杆傾斜的音樂——
東升月，海底谷，今夜漁港
你不想回家。魚溶於水，水撐起傘
雨在你耳邊喃喃。窄巷，木梯，也許。

「在大西洋底下有條路，人骨鋪展
枕木，」詩人忘不了另一個故事
說墨色花卉染紅秦王冠頂
花翎。燭光下她耳垂珍珠向我們透露
浪、貝殼、發亮的鞭痕，說不出

雨的，魚脊的，傷痛也許不再
積分。而沒有愛怎麼會有月光湧動？也許
不枯，也許擦盡嘴唇滴血，咬的，碰的
心的骨頭今宵挑起夜明珠，玉盤外

是中提琴在嗚咽，憐憫我們

10

藍在四重奏裡是另外的顏色
蟹殼、多瑙河、天河
古書裡通海通天，只一個定義
再把更多的不能說完的
放進去，那麼就墜毀於不能說完，失事於
加勒比、印度洋、泰國灣
油漂煙散，四月「飛光」亮麗，把海
放進去：溫柔地，容忍地，輝煌地

阻力使它完美，摩擦、矛盾、衝撞
詩。完美另外的顏色
咖啡加綠茶，港式鴛鴦
怎麼可能不見了，巫覡[7]獻身投海
依然不懂機械故障，他無言的手語
一定告訴你看不懂也趕不上
正弦波濤舞動水袖的派頭
琴師們手指翻飛，劃亮天頂花枝吊燈

話不通的時候，你說不
我也說。不通，不通，為什麼更要繼續
尋找那個層次的浪？尋找也對，不找也對
咖啡對奶茶，愛欲對食欲
你我相擁的感覺在地鐵車廂裡對，卻
瞬間被疫潮大浪翻成不對。藍

7　巫覡（音同習），指男巫。

裹挾那些人，或者另外實體，水下
呼吸緊迫。驚恐。太陽墜海後的餘光

能不能讓坐在前一排的回頭
看看你美麗金紅，蘋果永不退色
「那是不可能的。」那麼為什麼你
不如以往體貼？我們今晚在華燈下臉色平和
特別耐心，海底打撈出來種種碎片
都與你無關。翹起拇指，說讚、讚
實體美麗得在水下令人不忍。鼓掌，鼓掌
白生生的氣泡纏繞在鰓邊，一綹紅色絲帶

流出來剛剛失去臂膀的水孩子

一切生靈都要歸於海底

他們的裹屍布勇於藍鰭金槍

11

紅五月。血色春祭，sphota，絲佛達
衝口而殺出去反詩學，讓我們指出五月五
環環扣緊，簡筆白描你的生日，他的忌日
現實卻不宏大，小人物眾生：血海之上
龍舟競走，演示藝術理念倫理教化。這本質
內在的課程，比如共產主義，一定有
更特別升降半音，支撐平常語言
此時音樂懸空。詩性，sphota衝出去拓寬
詞意，詩學懸空，鼓點驚起湖鳥
飛散於某群成年男女杯盞間：

預想中，畫面裡那個完美的血色草莓
也許的確是犧牲們的肉塊和碎骨，而不僅
是騷言、憂鬱或治毒的菖蒲。線裝書
毛邊難以辨別海葵柔軟、羽毛筆、海底珊瑚
因為他們都沒親眼見過，那麼讓我們

集體下潛。龍舟製作的機緣出現
希望讓我們富有，機緣加上你
新的特質，加上草莓的確恐怖
支撐海底那血紅畫面。那麼不要讓
這個機緣sphota去說，去學詩

也不需騷體，而讓哲學逼近心中凸湧的音樂
怎麼能沒有貝多芬的弦樂四重奏？你前
我後，紅色哲學，還是男色？女色？
邏輯引領我們抵達水邊，采葦葉，下龍舟
則需用力把橘汁大膽擠出去，讓我們憑直覺
乾淨地浪費裡面乾燥的空間。停頓。復踏
快速運弓。音符粉末般散漫，等號角回響
Sphota：五毒俱全，等等，你，等等
月升上來了。月下，血紅堪比湛藍
亦如冰水，男色女色亦如橘汁

需大膽擠出去——
橘香撲鼻

競舟，競舟，這月光世界裡
有你在，有水，也滋生艾草？

12
從鄉下來的思路丟下絲綢手絹
還不清楚如何加入禮帽演練，一圈
又一圈，圈圈狂舞，你的伴侶
一個共產黨人，貼心交換，呼喚大家
開始彩排：這是最後的鬥爭

加快腳步。這邊這邊，一二三，鐵的紀律
齊奏。靈魂可有可無，正生生地
被你捏在手裡。丟啊，丟啊

並沒戴在頭上。為什麼？因為此刻
正是揮拳的時候。他們青春，尚未領會

棋盤上丟分的利害，全心地揮霍自由，而
這裡界河水太深。緊跟一件富家公子白絹長衫
小心自覺地掉進權威化粗糙化語言的陷阱。呼喚下
你靈魂的思路依然不清不楚，覺悟
可有可無，往那邊靠攏，你過來，繼續排練

明天的夢。彷彿要你在他們之間選擇
沉水吉他，滿載漸逝的柔情
不能不漸深，太深。或者，雨燕在黃昏
漸行漸快，燕尾滑潤，相比你思路太慢，轉不過
這些簡裝書頁的彎子。不幸六月流火

藍衣警察。浪漫的高架鐵路公園
提前靜園。彩虹加快呼吸，吞吐的

不正是這沿河樓群的居民嗎？大笑大叫
抹去耳環、眼影、露臍的背心
落花了，禍起了，這就是七十年前的明天？

就為那點心動。漸強而後漸弱，你以為
其實只是從裡面把自己和戀人摘出。利害
再丟分。進球以後也是平庸點滴的彩虹──
即便是主人，也要魚躍那個停頓，刀鋒
清楚，一分為二的生活和全體

藍鰭金槍魚切割的方法。你選擇火還不如
選擇活，靜靜看書或看領導眼色並不等於進入
六月蓬勃的早晨。因為金紅牆壁在夕陽下
惹眼如火，活火。舞臺上，浪巔密集
吉他與琵琶對陣，電弧霹靂，我們依然能合作嗎？

不是問題，就是在網眼空白處被刪除
機會寫作飯局場面，都為了明天最開懷的
大笑大叫，今夜不聲不響。只在心裡鳴鑼擂鼓
將語境不確定地轉向分行。向前，向前，向前
這是從哪裡向前？英雄們，你們讓我回身拾起

過去的白綢手絹。教化最終打斷私密
交談。漸強：向前向後，哪怕在網上都已無法退步
暑熱與美學對陣。秦王皇冠的禮儀就是向前再
走幾步，行為藝術作品裡，前人像演繹後人像
而花樣泳表演者，從不可能停下來自我懷疑

加速。舞曲。能量。在空曠大廳裡
性焦慮時，緊身長衫、西裝、髮膠
讓這支舞曲繼續膨脹，慢慢地就入戲了，你會找到
不太緻密卻貼切的懷抱。唯有對陣的
漢字，你以為像愛，會永遠永遠

只愛你不愛我：進而暗示著女人的心

量不出海。樹蔭下，屋簷邊，小雞與

小鴨，一雙小兒女，你的是你的。我的

卻不是。私下的英雄猛士在這裡排演

沒有頭盔的激戰。和弦是你我慢慢契合的心動。

偉大的編年史演繹飲食男女，講述著

摘掉馬蘭頭、小白菜、蔥花肉餅、麻婆豆腐

和一種連續，不外乎現在的現在

一邊劃定領袖和舟水，一邊小心地大聲說，共產！

共產！讓他去仔細分割史詩的疆界。喘一口氣

等一等。你才能感受趕上來的幸福

日與夜飛速拔高，變奏偏離既定主旋

踏上水面的一刻，受難耶穌，血和肉的犧牲

也早被史家簇擁著走出教化。新風格變遷

呼喚我們陣列整齊。誰和誰比賽。學過

當然精湛地學過。努力晨練投擲
手榴彈、瞄準、射擊、匍匐前進。誰敢欺負
颯爽五尺女，偏裁五尺桃紅做長衫，而不要
要大紅緞旗在廣場上招搖英雄
怯色。而那份來自海外錄取書以平和語句

通知我出去走走，並沒有別的意思，你夢裡
只有我一人手撐紅傘榮獲懸浮，大紅抑或桃紅，只
一個選擇，飛躍那片海域。也許活下來，也許
深水吉他，鐵琵琶，北斗星，才有意義？你的意思是
重奏曲目不包括島嶼，上面種種奇花異草

吸血猛蛇抑或美女魔影，均光潔通透宛若冰晶。
那裡江
就是大水，山不過土和石頭。唯一唯二三四五
特質重奏重組，堆起，堆砌。江山如此

多嬌，我們，你與我和其他所有者掌中把玩
大水，一些土和另外的土，石頭觸地即化

關係風，很難說是否關係領袖揮手間
21世紀第二十個六月依然記住
你生前努力對話並定向調和，甚至連
不同等級的裂變，遠遠近近火炮
都曾慎重考慮穿越。巴松管[8]夢裡嗚咽

反覆驗證遠遠近近的遺失對「人民」
是否有所啟示，仔細想一想，私密
鍵盤，鋼琴和手機只要開始訴說
就不可能停下，細節分支——
舌下彈簧、毛筆、口紅刷指出最喜歡的

8　低音管，在中國又稱大管。

段落，流水一樣的色情、人情
小說。去看看吧，不要問什麼。永遠在門外
敲、敲、敲。竟也有這樣共產黨人，我的父輩
眉宇間蒼涼，重複喝著中度或者更低的
調子。柔情的玻璃杯傾斜，茶葉紛紛膨脹

角逐還沒追殺就自盡于修身的彈撥。湖水柳絲
悠悠天鵝。青絲、手絹和印花傘撐不起
後來小廚房裡的圍裙，革命潮流中游離的
男魚女魚。另外事件在哪個月夜下沉
下垂。黃沙大漠在哪裡不一樣？悲愴大調搶救

他們霓虹爛醉一條街，就地埋。水下墓碑
鯊魚們也不喜歡墮機機長的面相。自絕於悲愴嗎？
「臨終猶望自由天」。敲、敲、敲，天堂地獄之門
鑰匙執何手？極端自私嗎？怎麼可能忽然殞落
就是這樣？就是這樣！就是這樣！

您的白綢手絹早就弄丟了，父親⋯⋯
那不過是天方夜譚的恩賜

13

沉思。誰將接受審判──
敵人，惡人
已為你彙集所有。「我沒有時間了」。你留下
最後一句話，「不能完成了」。電話裡失聲
而坐下來探討，你說你不能。

起義了，「人民」又自由地一起上街。窗外的
大隊彩虹，包括攝像頭掃描臉上三點，最符合人性
神性、惰性。這種事當然不容理性，明擺著
是一點與兩點的組合，也許再
多一點就沒問題了？多一點兒？

就多一點兒點兒？那不成了淫亂聚會

也無所謂。臀後長眼也無所謂。頭上長，尤其
女人頭上長眼，就更看不起你，因為她獨自
在中環尖沙咀，雙層大巴上觀望
不可通行。無所謂，他們的旗幟不一樣顏色
出彩虹口釣魚，採用一支象牙筷

去釣，溫柔地，和氣地，容忍地
去釣一個夢，臉盆，腳盆，碗盆
孩子，愛人，家。踢開無情的
石磯石碾，特別是砸腳的那塊。底特律的
紐約的，美國的，中國的，男人的。而女人
在海話裡沉浮，水上水下
惡人將受判處！

這兒，姜太母的魚鉤，慢慢地
用生命磨成

14

最近的國家在高處儲存幸福的子民

證據是熱水泡麵發起來了。趕緊掀開

下面疏導管排氣管氣管天線耳朵

小鏡子碎玻璃假珍珠

（不是真假的真，是真假的假）

就一滴一滴十四億個血點，成為

旗幟紅色的背景。你看得見嗎？

財經頻道天天看得見學問

（哲學的學，天問的問）

鐵皮鼓風簧片天天警示

微暈，天堂發動機慷慨地噴發

一團霧霾，汽油免費。再耐心等一等

才能聽出海濤反覆重奏，海陸間雙唇黏連

海綿軟沙退潮，初生一片月色

明澈又細緻地錘打，叮叮咚咚奏出

這樣刻板的段落，因為我們合掌了很久
透明了很久，湛藍了很久，所以
衣袖翻出珍藏的分分秒秒，在腦海投放
思念蒸發，因而海面顯得
更加渺茫。肉體益發厚重，透濕
身下浴巾。這件事我們都經歷過——
一（小）片月曾經節奏有力地退潮

那麼島呢，沒有圍堵的海藍
就沒有珍奇的帝雉。誰還記得五月花紅
向日葵運動？都是一樣的水，淡水，鹹水
每一滴和另外的很多那些獨立的點滴。

那麼國家呢，比如印尼馬來澳泰
暑期出遊扛回來一捆柴：回家熱煮那客回鍋肉
大腿、肚腩；有素心就吃肉邊菜吧
橄欖花、筍尖、豆腐皮。新加坡香港

看你食不食辣，再嘗一筷子？要不去越南騎車
回味狂熱青春？不要像當年水靈靈的女友
正全心全意在陽臺上晾老公水淋淋的
褲衩，想像他隨手丟下的襪子
在哪裡踩出花花的濕腳印。

而那隻帶刺的海星竟然溫順地
讓我摸了一摸，太平洋席捲眠床
燭光下顯得格外仁慈寬赦
如果只睡三兩個情侶，的確太少。

15
她說，

She lay down

Deep beneath the sea

她對男人說，

　　　　「請別打斷我」

　　　　「不用你來講解」

　　　　「是我剛講過這個觀點」

管用嗎？

七月流火，瞬間洪水裏挾電閃

長髮的女先知卡珊德拉在預言

卡珊德拉的預言在摩天廈峽谷間震響

特洛伊會亡！

特洛伊會亡！

大廈將傾！

無人理會——

21世紀新發展：微信基本無信

但確信1兆軍費的金磚金瓦金菩薩保佑金山萬年

「我剛說過這話」

「我剛講過這個觀點」

「我就是發出哨子的人」

有誰記得拒絕過太陽神阿波羅的卡珊德拉

被先奸後斬的女先知卡珊德拉

智神加戰神雅典娜庇護下的卡珊德拉？

七月流火，女人流血

大廈將傾！

只會埋頭在月下碼字的愚人一點不羞

爬起來，自知地從海濱岩洞

舉頭，望正東方向今夜殺氣不讓

今夜殺氣不讓

七月流血，火星無情

大廈將傾！被割喉的女先知
就要從塵暴中站起，從遺忘的海底復活

16
生或者死
就如此細碎，浪花，鹹風
都和你一樣的味道
都一樣尖銳，水沫轟鳴撞擊
我們的岩石，再推一浪

所以，有刺
不一定是玫瑰，不是
玫瑰不一定不漂亮——

「我最喜歡這一段」
他把自行車靠在牆邊，緊貼過來

「記住
我們好的時候」

她走下碼頭
沿江一路臺階一路香
這一段，就這一段
這一段路水流。這一段水路過。而你
說的和我記起來的，不見得對
或長或短，或者騷或者歌

都以為只屬於我，以為窗前
玫瑰豐碩的紅唇只為我
溫潤地飛吻。而此刻甜香
一波又一波送來，卻是肥白的

梔子，推開夜色
同一星座，同一條河

這段數中，水中，雲中，氣息中
在月下熠熠生輝。只是，或長或短

我們已經沒有耐心描寫
給別人看了：
你的氣味。我的岩石。

請接納我們。

17
您們已經──
加入了五行的重奏了吧
金木水火土，鼓和重複打擊對象，上帝
感覺不佳，就發出遠程定點爆開的指令
直指地獄之門。就現在！
雷公、電婆、風伯、雨師
太上老君、斗母娘娘

電話鈴一直催一直催

他們終於發現，外面要的你都不能給出

也不是你要的。比如：

假髮，眼珠，脊梁，大腿什麼的。如果

不能上臺，就上樹算了。魯迅吃人

金斯堡嚎叫也過了。甭費力

如果想去關注人間痛苦

只需看看主流媒體：前街後院

大庭廣眾被自殺毒殺輪奸綁架酷刑

監禁迫害大規模殺傷洲際導彈。多虧

高原邊境爭端戰士們首選

冷兵器。地動天搖，除了傳染病

我們還有熱核武呢，一萬三千件不止？

然後呢？然後的然後

海邊散步，日落以後喝燒酒。山說

有金有木有水有火有土，齊全。

上樹吧，做一棵無用的雜樹，莊子說
比如構樹，無材卻花、果、葉三好。

機會和機會主義敲起瓦盆
唱著歌，看到機會了？他長得
全身都有一種好處讓她離不開，然後
水與火妥協的合同速成回憶。白帆掠過水肚皮
遍體綠藻茸茸，心裡的小鼓敲啊敲
而河往入海口分叉，兩腿平攤在那兒
魚、蝦、蟹都小小的
羞羞的，100%滑嫩輕烹

前面抹香鯨也玫瑰得一塌糊塗
大面積棘刺叢生和胴體同樣分量
怎麼會有這麼多
皺得可愛得不得了的褲子，都年輕
無力抗拒，你們也綠了一片

北冰洋汽水兩瓶，願意同喝一杯嗎？這家
很好，正宗美式咖啡。寫作和行動
在我眼裡，都種在這裡，澆水修剪

讓我爬上樹去，替您們
巡視這裡的一切：
金木水火土
　　　　自由女神、自由塔、帝國大廈（金）
　　　　朽木椿伸向（木）
　　　　上個世紀廢棄的哈德遜河心碼頭（水）
　　　　暮色中此時的太陽雨、學舌鳥（火）
　　　　一片矮竹開著花（土）

光榮充盈天地

18

天藍機械臂、硬殼帽

橘紅防護背心、水泥肩臂結實變硬

車讓彎路更快更穩更寬

尚未吞下的石榴籽

存放冰箱是否能躲過冥王

再次修建這條火色鋼索橋。榮耀重歸

造福鄉里，多籽多福。持在手裡更

宣示一種文明的進程

不只是我，是基督、貝多芬、列寧和共產主義

建設者熱得像記憶中的金紅太陽，屬於

今天和將來所有的日子

過去不願輕易離去，嫁接的婚禮上

你們這一段重複灌注的故事

汁液充盈又流量穩定的紅顏色，石榴

落下來，新娘就把蘋果拋回去，轉身
接穩動作利索，曾經的壘球隊長。

俱往矣，所有的我們，所有的一切
都由內轉向外骨骼系統。穿戴起
金屬機械支撐，負重能力大大提升
人就更像螞蟻，徒手勞作超人力十倍
安全有效，手機耳機電腦人機介面
掉過來翻過去，反覆演示絕對信心
眾人肯定聽從這樣的指令吧？要不，現在
就下車步行回頭路，在售房廣告倒影下
速成水果菜蔬班以及美容、修腳
編織、寫作、水泥地板
石榴盆栽和月季，糧票、油票、肉票……

竟然沒有想到她並沒意識到自己棄兒的
心理創傷，不知道一生中多少年

紅蜻蜓安魂曲

一切服從教誨，或者對另外一切
說不，只是因為過去某個冬夜的背叛
這樣的解析，調子這樣，手指這樣
細碎地行走，石榴長裙垂地
小旦行頭，還有更恰當的姿態嗎？
七十億種花色都美，也都有時餓得慌。他們
不過要把你比下臺去
成不了角。再下去，去哪裡？
已經坐在街上了。而以你的天分，只需
一只空碗，就敲起小鼓。棄兒的生活
就這樣，就是這樣。

而祖父的祖父的祖父
看不到這些，如今這麼些我們
敲啊敲，不相信，不彎曲
敲啊敲，天堂地獄塌陷
敲啊敲，再大聲點

敲啊敲，讓坐在最後一排的
敲啊敲，運足底氣，讓坐在街沿的
也和我們一起回歸沉默的海底

而海面上八月的大好江山緲如煙雲，該不該
罰款？罰誰？塑膠的，made in China
那把鑰匙，亦可以溝通。在門外敲
你和我。讓他們統統，讓他們運氣
那把鑰匙其實沒丟，就握在自己手裡
信不信由你，就來統統一刀切
集句四季天氣，讚言美語

接力棒咚地一聲傳到她跟前
就在懷裡聽見分分秒秒
就趕上了八月十五
不宜多食月餅
不宜多食

不宜多

不宜

不

化簡至極，棄兒

死，當然聽不見絕唱或重唱

因為歐菲俄斯早已領教過

冥王的石榴和地獄。他的對立面

在哪裡？誰還記得漢末戰亂

　　　　「馬邊懸男頭，馬後載婦女」

文姬父親蔡邕的琴也會唱歌，焦尾燃起

由死生情，情生萬物

窗外火和木的聲音

懇求賜予他們永遠的安息

19

爐火劈啪，雨點陰雲

這裡某個冬天，名叫十二月的野獸

啊，陽光的記憶和弦於你不定的心緒

雪花初顯，在灰喜鵲歡叫聲中

綻放，讓誓不從一而終的雪女盡興歡舞

撚花佛門，或熱瑜伽汗濕的背心

既縱容野獸也允許那蒙塵的嗓音變得

更獨特：

        我不理會我不理會我不理會

這裡葡萄藤卷尾不結果

那裡密語卷耳資訊摺疊，深雪深藏

沒下完的雨。這羊脂玉肯定是在眾獸蹄下碾碎

成粉，再被你捏成片片雪瓦完好無缺

　　　　　　　我不理會我不理會不理會

是你與其他雪片妥協的
和聲。四足復踏，舞雪的
十二月提琴手。聖徒尼克拉
負罪，所以半夜在屋頂瓦霏上行走，踩破
冰河雪原，凍結實面頰掛霜的紅蘋果
流感蜜糖，新冠鼻涕，爽朗心肺

Ho-ho-ho，是誰在外面鼓噪？鑽煙囪
堂皇登堂，從而不留爪印？

雪女聖徒奉命而至當受讚美

20
記憶中流蕩的藍色才能縱身
追上你們。她抽屜裡無字白紙早已揚帆

而你床頭回憶錄尚未完成。下一階段熱點
縹緲透明微微金紅，線條卻更加簡單
單細胞生物從太古宙一路演化成
蜻蜓和我們，用了35億年，而
他們說人類在20年內肯定會

找到地外生命存在的證據。科學家們何以
自信優越於預期變暖，錯，錯，錯
錯在一起叫風叫太陽叫腳下匍匐的
為你縱身，為你滿月，為你理想
樓上的火尖叫著向後退向後，進而
變得更加縹緲，更加嫉妒紅蜻蜓輕盈自由

記憶之外是召喚我們的藍蜂鳥：
這顆系外行星編號，Kepler 452b
其直徑約為地球的
與恆星之間距離的

與日－地距離相近的
與地球1400光年的天鵝座的
明星，亮度稍高於太陽的

那裡未來的幸福捏塑著大家
冰封的河口渴望燃燒
總會有一天完成這座精緻的小花園，凍草的
手指小心活動，捧著冰晶封存的昆蟲世界
雖然毒刺只屬於雌性
（毒刺的結構從產卵管演化而來，真的）
雄性沙漠蛛蜂依然心態良好地
在花叢之中飛來飛去──

原來，浪漫只屬於雄性
等待雌蜂前來鎖定
生死交關那個拂曉的詩篇，你一旦醒來
完成了孕育的任務，就越來越接近

挺立凍硬的中指，所謂伊人，在捕鳥蛛下方
將其翻轉過來，接著蜇，尋覓
外骨骼上的縫隙，比如在鉗肢的
關節處。難進，才更有魅力乎？浪漫
更進一步被執行乎？毒刺滋生
的花園被解禁乎？

瞬間，海面浪奇浪起
美國地質勘探局說
北京時間24日下午5時58分
希臘南部海域5.2級地震
這就是後現代吧：
　　　　美國勘探北京時間希臘地震
過海過霧，星雨魚躍撲面，我們前去
驗證凌星測試，也就是陰遮陽演算法：

翠袖烏雲玉撥子低垂的粉頸
輪指，縱起，然後挑、撥、勾、擊
亂魚撲面，系外行星的蹤影
從我們角度觀察若隱若現
按下去，還是泛音——
撞、推、復、拖、進、退、綽注[9]

虛綽虛注滑行，向左，向右。調換
成陰陽哲理：由於陰星經過
會遮擋陽星亮度發生輕微效應
以及另外4660顆其他疑似的
大珠小珠，你說誰凌辱誰吧？

9　中國樂器琵琶和古琴的彈奏術語，包括撞、推、復、拖、進、退、
綽注、虛綽、虛注等。

您們別吵了，讓我們摸索前行——
星海無垠，戲水者所到之處
拾起各樣特異趣味，凍得閃亮的花石頭

因為海是憐憫的

21
苦啊

油汙無邊，山火無邊，疫情無邊
這種種靈魂磨難只是我們新近的裂變嗎？歲月
相對你我現在的心情，還會
動心於苦海上面正在凋零的
青春，林木，冰川，藍蜂鳥，如花的
夢神？帝居何所？
帝居何所？

凋零：一絡所有局限的殘香
浸透我們對這裡的留戀
對無極的憧憬。

對與錯，真與假，尊貴與卑賤
長與短，前與後，左與右，上與下
年輕年老，中國外國，我們他們它們
男人女人，生與死，愛與恨
善與惡，天堂地獄，神與人
我們的局限：我們總在生命樂章的中間──

雙簧管，再笛子
再巴松管，再圓號
回到單簧管，回到最初的那個早晨
小號悠揚，吹起一片明霞
我們心懷感激。

先人一路辛勤一路呵護
處處點亮燈火。今夜燭光搖曳，搖曳
一盞盞山回路轉蜿蜒為您們送行。前前後後
盞盞搖曳，鋪開這片通明的海
我們心懷感激。

天海交界處，星光燭光
照亮您們遠行，越走越快
孩提般跑著，跳著，手臂高舉，把身後的
黑夜也一起拖進那片輝煌的搖曳
輝煌的無以倫比，搖曳
噓　　自由
噓　　自由飄忽的搖曳

我們心懷感激
就這樣一滴一滴垂落
透過冰川的溶縫，遙望新型星系

指點4660顆其他的未來
我們的天景

海潮入夢
一呼　一吸
喚出一絡青色，黎明
將我們列於您的右側

　　　　　　　　越橘坡　　2013.12.1－2020.12.29

語言文學類　PG2604　秀詩人86

海跳起，子彈婉轉

作　　者 / 張　耳
責任編輯 / 姚芳慈
圖文排版 / 楊家齊
封面圖像 / Vicky Colombet（維琪・科隆貝特）
封面設計 / 蔡瑋筠

發 行 人 / 宋政坤
法律顧問 / 毛國樑　律師
出版發行 / 秀威資訊科技股份有限公司
　　　　　114台北市內湖區瑞光路76巷65號1樓
　　　　　電話：+886-2-2796-3638　傳真：+886-2-2796-1377
　　　　　http://www.showwe.com.tw
劃撥帳號 / 19563868　戶名：秀威資訊科技股份有限公司
　　　　　讀者服務信箱：service@showwe.com.tw
展售門市 / 國家書店（松江門市）
　　　　　104台北市中山區松江路209號1樓
　　　　　電話：+886-2-2518-0207　傳真：+886-2-2518-0778
網路訂購 / 秀威網路書店：https://store.showwe.tw
　　　　　國家網路書店：https://www.govbooks.com.tw

2021年8月　BOD一版
定價：330元
版權所有　翻印必究
本書如有缺頁、破損或裝訂錯誤，請寄回更換

讀者回函卡

國家圖書館出版品預行編目

海跳起,子彈婉轉/張耳著. -- 一版. -- 臺北市：秀
威資訊科技股份有限公司, 2021.08
　　面；　公分. -- (語言文學類；PG2604)(秀
詩人；86)
　　BOD版
　　ISBN 978-986-326-923-6(平裝)

851.487   110009467